Matthias Stührwoldt wurde 1968 geboren und lebt im schleswig-holsteinischen Stolpe, wo er heute einen Biohof bewirtschaftet. Nach Abschluss der Schule hat er Landwirtschaft gelernt, Zivildienst geleistet und eine Ausbildung zum Erzieher absolviert. Danach besuchte er die Landwirtschafts- und die Höhere Landbauschule. 1998 übernahm Matthias Stührwoldt den elterlichen Hof. Er ist verheiratet und Vater von fünf Kindern.

Seit 1993 schreibt er mit unerschütterlichem Humor Geschichten und Kolumnen über das Landleben. 2003 erschien sein erstes Buch „Verliebt Trecker fahren" mit hochdeutschen Geschichten, dem inzwischen einige weitere gefolgt sind. Seit 2010 ist Matthias Stührwoldt Autor und Sprecher der NDR-Sendereihe „Hör mal`n beten to". Im Quickborn-Verlag sind seither mehrere Bücher mit plattdeutschen Geschichten und Erzählungen erschienen, auch gibt es einige Hörbücher mit Live-Mitschnitten seiner überaus beliebten Lesungen!

Matthias Stührwoldt

Groot un stark

Quickborn-Verlag

Die plattdeutsche Schreibweise des Autors
ist unverändert übernommen worden.

ISBN 978-3-87651-478-9

© Copyright 2021 by Quickborn-Verlag, Hamburg
Umschlagfoto: Carla Stührwoldt
Gesamtherstellung: CPI books GmbH, Leck
Der Umwelt zuliebe
auf chlorfrei gebleichtem Papier gedruckt
Printed in Germany

Inhalt

Joggingbüxen

Ik geev dat to: Ik heff Joggingbüxen – dree Stück: eene griese, eene blaue un eene schwatte. Also een groote Utwahl un, wenn man dat genau nimmt, tominnst een toveel. Denn ik kann jo doch blots een Joggingbüx to Tiet antrecken, un wenn een Joggingbüx schietig un in de Wäsch is, krieg ik mi solang de tweete her. De drütte aver is ümmer över, so oder so. Keen Minsch bruukt dree Joggingbüxen. Is doch so.

Ik heff lang nich soveel över Joggingbüxen hört as in de letzte Tiet. Corona, Lockdown, de Lüüd mööt in`t Huus blieven, Homeoffice, Video-Konferenzen... keen Radiobidrag, keen Zeitungsartikel, in den dat nich jichtenswo Thema is, dat de Lüüd in Coronatieden in Joggingbüxen vun tohuus ut arbeiten köönt un sik nich mehr extra anplünnern mööt, för de Arbeit. Mach ween. Heff ik nix gegen. Aver för mi is een Joggingbüx blots wat för den Fieravend, oder, wat weet ik, an

Sünndag, twüschen de Stalltieden. Nie nich wörr ik op de Idee komen, in Joggingbüx to Dörp to föhren. Nich mol nah`n Bäcker oder nah`n Dönermann. Nööm mi Spießer oder, wat weet ik, verklemmt oder oltbacksch, aver ik find, mit Joggingbüx is man nich richtig antrocken.

Ik jedenfalls finn dat komisch, wenn ik sünn-avendsmorgens in echte Klamotten in Bäcker-laden stah, üm för mi un de Familie een poor Rundstücken to holen, un denn kümmt dor een rin, de erstens sien Auto buten lopen lött – wörr man em fragen, wörr he seggen: dat lohnt ja doch nich, dat Auto ut to moken – un de tweetens in Joggingbüx, barfoot in Adiletten sien Brötchen köfft – wörr man em fragen, wörr he seker seggen: dat lohnt ja doch nich, mi richtig antotrecken. Un achtern op sien Trainingsjack vun de drütte Herren in de D-Klasse is de Werbung vun Ingos Imbiss. In Halvkreis steiht dor: *Wir wissen, wo die Wurst hängt!* Jo, ik graleer ok, hartlichen Glückwunsch, du!

Ik mutt ok faststellen, dat dat son Generations-ding is. So as mien Mudder fröher ümmer oppasst hett, dat ik nich in schedderige Büxen to

School güng; Schoolbüxen schullen keen Placken un Flicken hebben, aver mien Lieblingsbüxen harrn ümmer Placken un Flicken, un schedderig is överhaupt mien Lieblingswort, so sünd Joggingbüxen för mien Kinner ganz normale Klamotten. Se mookt allens dormit; unsen Jüngsten is sogor oftins mit Joggingbüxen to School gahen, ok wenn jüst nich Joggingbüxen-Mottodag weer. Mi leeg dor ümmer wat op de Tung; ik wull dor ümmer wat to seggen, aver ik wull mi nich anhören as mien Mudder. Also heff ik de Schnut holen.

Intwüschen lacht mien Kinner mi wat ut, wenn ik avends ut den Stall rin koom, ünner de Dusch spring, mi för`t Sofa de Joggingbüx antrocken heff – un denn hebbt se all son Janker op Fastfood un fraagt mi, wat ik noch gau een Döner holen kunn. Un vör ik los föhr, treck ik de Joggingbüx ut un de Jeansbüx an. Worüm mookst du di för den Dönermann so schmuck?, fraagt mien Dochter, un ik segg ümmer densülvigen Satz: Nie nich warrt ji beleven, dat ik in Schnellfickerbüxen to Dörp föhr. Dat köönt de annern moken. Ik nich.

Mancheen seggt ja, Karl Lagerfeld weer een exzentrischet Genie. Ik finn, to allererst harr de Kerdl een Rad af. Aver mit de Joggingbüxen, du, mit de Joggingbüxen harr he Recht. Aver so wat vun.

Angora

Wi harrn Harvst. Dat weer nich koolt, aver un-gemütlich. De Jungtieren weren noch buten, in`t Moor, op de Weid. Een goden Morgen wullen wi los un eene Stark vun de Koppel holen. Se schull in de nächsten Daag dat erste Kalv kriegen.
As miene Mitarbeiders un ik in`t Moor an-keemen, weer se nich mang de annern Tieren. Se harr sik versteken, achtern Knick. Se weer bi to kalven; de Vörderbeen un de Schnuut vun dat Kalv keken al rut. In de Schnuut beweg sik de Tung; wi weren noch nich to laat; dat Kalv weer an`t Leven. Wi weren flink dormit, de Stark een Halfter üm to moken un se an`n Trecker fast to tütern. Ratzfatz harr ik dat Kalv een Strick üm de Been schlungen un dat ruttrocken. Platsch, leeg dat in`t Gras un fung an to aten. Un denn an to zittern. Wenn du een Kalv büst un du kümmst ut een 38 Graad warme Koh, denn is dat koolt bi teihn Graad in`t Gras. Un de Stark weer in

Stress; de harr den Kopp vull mit antütert ween un wat achtern ruttrocken kriegen; de harr jüst keen Bock, sik üm dat Kalv to kümmern.

Wi trocken de Stark un dat Kalv op den Veehhänger. Aver nu harrn wi twintig Minuten op den Trecker vör uns. Dat weer mi to lang; ik wull nich, dat dat Kalv utköhlen dä. Also heff ik mien Arbeitspullover uttrocken, Grötte 3XL, heff em openholen, un mien Mitarbeiders hebbt dat Kalv dorin steken. Achteran keek dat Kalv jüst so ut den Pulli as ik vörher, un denn trocken wi den Rietverschluss an Hals to. So legen wi dat Kalv op den Hänger un sünd mit Vullgas nah Huus föhrt.

Wieldes heff ik nich froren; mien Trecker hett ja Heizung, un de geiht ok.

Op den Hoff hebbt wi Mudder un Kalv denn in de Afkalvebox bröcht un den Pullover wedder uttrocken. Nu hett sik de Stark ok üm ehr Dochter – intwüschen harr ik nahkeken; dat weer een Deern – kümmert, un allens weer goot.

As ik düsse Geschicht avends mien Dochter vertellt heff, dor reep se: Du bist ja süss! Ooh, hast du ein Foto gemacht?

Nee, heff ik nich. Bün ik överhaupt nich op komen. Aver een Nomen heff ik dat Kalv geven. De Pullover is ut Polyacryl, un eegentlich wull ik dat Kalv so nömen, in Gedanken an düsse lütt Geschicht. Düt Johr fangt de Kalvernomens in Schleswig-Holsteen aver mit A an; also heet dat Kalv nu Angora. Hört sik ok wat edler an as Polyacryl...

Anner Lüüd ehr Katastrophen

Machmol büst du eenfach dor, denkst di nix – un mit „nix denken" meen ik: nix denken, normal even – du büst also eenfach dor, un mit een Mol kiekst du direktemang in dat trurige Schicksal vun anner Lüüd, de villich al lang doot sünd. Aver dat geev een Tiet, dor weren se an`t Leven.

Is mien Schwegermudder nülichs passeert. Se weer in Rendsborg in`t Sozialkoophuus un hett een olet Kinnerbook köfft. Un as se dat tohuus ganz in Roh ankieken wull, dor full dor dat Leesteken rut, een tosamen foolt Zettel. Schwegermudder hett em uteenanner foolt. Dat weer een Telegramm – bobenop stünn: Deutscher Reichstelegraph – vun Lütjenwestedt an een Adress in Rendsborg, afschickt an 29.April 1928 üm fief nah ölben an Vörmeddag. Fief Wöör: *Mutter krank sofort kommen Vater.*

Zack, un de Biller in dien Kopp fangt an to lopen, ofschonst dat ganze Drama nu bald

hunnert Johren her is. Schienbor weer dat Tele-
gramm an den Söhn, an Heinrich. Un ik sehg den
Beamten vun den „Deutschen Reichstelegraph",
wo he in Rendsborg an de Döör kloppt, un denn
kümmt Heinrich rut, verfehrt sik erstmol, kriggt
den Zettel, leest un fangt an to blarrn, oh, nee,
Mudder, nich du, un he süht to, gau vun Rends-
borg nah Lütjenwestedt to komen, dat sünd rund
dörtig Kilometer, hüüt mit Auto büst´ in een
halve Stünn dor, aver 1928 geev dat nich veele
Autos, dor weerst du, wat weet ik, mit de Kutsch
ünnerwegens, mit Fohrrad villich oder to Foot,
dat kunn een Dag duern. Un to geern will ik
weten, wat de Söhn rechttiedig in sien Öllern-
huus ankomen is un sik vun de Mudder ver-
afscheden kunn. Oder wat se al koolt weer un
opbaart leeg, in de gode Stuuv, de blots bruukt
worr to Ostern, to Wiehnachten, bi Hochtieden,
Geburtsdagen oder even wenn een doot bleven
weer.
Gor nich vörstellen kann ik mi, dat Mudder nich
doot bleev. Se hett wiss nich in beste Luun in
Sessel seten un to ehren Söhn seggt, as he
kumpleet oplöst tohuus ankomen weer: Na, mien

Söten, kümmst du mi ok endlich mol wedder besöken? Ik meen, een Telegramm, dat weer düer, dat hett man nich eenfach so schickt, dat hett man blots mookt, wenn dat üm Leven un Doot güng.

Ik sülven heff in mien Leven blots een enkelt Telegramm kregen, vun mien Fru, in de Tiet, vör wi all Handys in de Taschen harrn. Dat weer 1994 in Sommer, un ok dor güng dat üm Leven un Doot, naja, eher üm den Doot. Ik weer mit de Kitagrupp, in de ik dormols arbeit heff, in Värmland in Schweden in een Ferienhuus op Freizeit. Wi harrn dor keen Telefon, aver Birte harr uns Adress, un een goden Dag hüng een Telegramm an de Döör: Rosi gestorben ruf an Birte. Dor wüss ik also, dat mien Tante Rosi den Kampf gegen den Krebs verloren harr. Bi ehr Truerfier weer ik nich dorbi; dor weer ik noch in Schweden, un ik kunn mi blots vörstellen, wo mien Mudder üm ehr lütte Schwester weent hett.

Telegraphie – wat för een Fortschritt dormols, un hüüt kumpleet vergeten. Jüst so as de Reiserufe in`t Radio. An de harr ik bestimmt twintig Johren lang nich dacht, aver as Schwegermudder dat mit dat Telegramm vertell, full mi dat wedder in. Ümmer wenn ik dor in`t Auto oder mit den Trecker ünnerwegens weer, dat Radio leep, un nah de Nahrichten, nah Wedder un Verkehr keem noch een Reiseruf. *„Heinz Christensen, 48 Jahre alt, in Norddeutschland unterwegs mit einem roten Opel Rekord, Kennzeichen XYZ, wird dringend gebeten, zuhause bei seiner Familie anzurufen. "* Un denn seet ik dor achter`t Stüer un heff mi vörstellt, wat woll passeert weer, is de Dochter överfohrt worrn oder harr Vadder een Hartinfarkt, Katastrophen weren dat, Reiserufe in`t Radio geev dat blots bi ganz schlimme Saken, nix vun wegen: Schön, dat du anröppst, ik wull blots mol wedder dien Stimm hören, nee, dat güng üm Leven un Doot, meist woll ok eher üm den Doot, un ik heff mi vörstellt, ik weer Heinz Christensen, jüst utstegen an de Autobahnraststeed, üm mien roden Opel Rekord to tanken, un denn schnack mi een an, ik heff jüst den Reiseruf in`t Radio hört, Se schüllt tohuus anropen, un denn loop ik los, hin nah de Telefonzell, un wat mi all dörch den Kopp geiht, bit mien Fru an`t anner End afnimmt un mi seggt, wat los is. Wenn se noch telefoneern kann, wenn se nich de is, de doot is.

Un so heff ik Andeel nohmen, ganz blangenbi, Andeel an anner Lüüd ehr Katastrophen, fröher, as wi noch nich de ganze Tiet vernetzt weren, över`t Internet. Fröher, as du eenfach weg weerst, wenn du in Urlaub weerst, weg, nich to erreichen. Veele vun miene Frünnen hebbt Interrail mookt, in Toog, quer dörch Europa, un jüm ehre Öllern harrn keen Ahnung, wo de Kinner jüst ünnerwegens weren. Manche hebbt sik dor ok een Spaß ut mookt un hebbt tohuus anropen un lacht un seggt, se weren in Mailand oder Madrid, schietegol, Hauptsaak Italien. Undenkbar, hüüt. Ik weet noch, Jon, unsen jüngsten Söhn, de weer noch in de Grundschool, ok al wedder goot een Dutz Johren her. Jon hett mit een Fründ bi uns op den Hoff speelt, dor reep de Mudder vun Jons Fründ an un sä, ik schull mal nah em hin gahn un em seggen, he schull sien Handy wedder anmoken; se kunn em gor nich erreichen. Schienbor harr de Jung jüst klook kregen, dat man so`n Gerät ok utstellen kann, wenn dat Generve to dull warrt. Worüm wullt du

18

dien Söhn denn erreichen, heff ik de Mudder fraagt. Nur so, sä de Mudder. Op een anner Wies weren ok dat anner Lüüd ehr Katastrophen. Ümmerhin hett se keen Reiseruf in`t Radio losloten: *Moritz Peters, acht Jahre alt, unterwegs auf einem Bauernhof in Stolpe im Kreis Plön, wird gebeten, sein Handy wieder anzustellen. Mutti dreht sonst durch.*

Mi dücht, jede Technologie is wohrschienlich to glieke Tiet ümmer beides: allerbest un de gröttste Mist. Bit wat Niedet erfunnen warrt, dat noch beter un noch mistiger is.

Seltsamerwies mutt ik jüst an Beton denken un den olen Werbespruch dorför: *Es kommt drauf an, was man draus macht.* Jüst so süht dat ut.

As de Sommerfrischler

So teemlich dat fröhste Bild, dat ik in mien Kopp heff, ut mien Leven, is vun den Dag, an den wi to Kaffee inlaadt weren. Dat erste Auto, dat mien Vadder föhrt hett, weer een Mercedes, aver vun miene Geburt bit nah miene Teenagerjohren hebbt mien Öllern denn ümmer VW Käfer föhrt. Ik entsinn mi an een, de weer hellblau, un de letzte weer rapsgeel. Oftins sünd wi alle – also Vadder, Mudder, Opa, Oma, mien Broder un ik – mit den Käfer op Familienbesöök föhrt. Vadder hett föhrt, Opa seet blangen em, op de Achtersitze mien Broder in de Mitt, un Oma un Mudder an de Sieden. Ik weer de lüttste vun all, ik müss mi in dat achterste Fach rinkrempeln, över den Motor. So sünd wi denn op Besöök föhrt, aver düt eene Mol weer unsen Käfer twei. Dorüm hebbt wi den Trecker nohmen, de ganze Familie, unsen olen Fendt Farmer 2 S. Den harr mien Vadder köfft, dor weer ik dree oder veer. Un to

Not harr de ganze Familie dorop Platz. Twors geev dat keen echten Bifohrersitz, aver op beide achterste Kotflügels geev dat een Metallbügel, an den man sik fastholen kunn.

Wi weren also to Kaffee inlaadt, villich in Wankendörp, villich in Stolp. Kunn överall west sien, denn mien Opa harr föffteihn, sössteihn Geschwister – Verwandschaft geev dat överall. Un wenn wi to Kaffee inlaadt weren, müss Mudder ümmer Koken backen; dat kunn se würklich goot. Uns Familie op den Trecker, op den Weg to Kaffee, sehg so ut: Vadder hett föhrt. Mudder seet rechts op den Kotflügel, blangen sik dat Kokenbleek, afdeckt mit kareerte Geschirr-handdöker. Links op den Kotflügel seten Oma un ik, un se pass op mi op un höll mi fast, nich, dat ik vun Trecker daal fallen schull. Se harr ehren Arm üm miene Schuller legt; Angst harr ik nich, nee, seker un geborgen heff ik mi föhlt, in ehren Arm. Vadder harr achter an den Trecker de Ackerschiene anbuut, un Opa un mien Broder stünnen op de Ackerschiene, Opa links, mien Broder rechts. Mit jeweils een Hand höllen se sik an den Överullbügel vun den Trecker fast, cool weren se, cool as John Wayne, een groten un een lütten John Wayne, un ik heff se beide bewunnert, wo se dor stünnen. Mien Broder lacht över't ganze Gesicht, stolt is he, he is groot, he dröfft op de Ackerschiene stahn, un Opa smuuster sik een. He amüseer sik över uns Familie, as de Sommerfrischler, sä he ümmer wedder, as de Sommerfrischler.

Mehr wat weet ik vun düssen Dag nich, blots düt Bild vun unsen Trecker, vullstopelt mit uns Familie, un Opa, de smustert un seggt: As de Sommerfrischler…

Opklever

Ji hebbt al all mol de Autos sehn, mit grote Opklevers achter in de Autoschiev. Oftins kann man dor, vör allem in so typische lütte erste Autos, lesen: Abi 2018. Oder 2016. Oder 2020. Meist aver steiht dor wat, wo man een beten stolt ween kann. Jedenfalls kann ik mi nich entsinnen, dat ik mol „Dörchfullen 2014" jichtenswo in de Achterschiev sehn heff.

Ok al oftins sehn in een beten wat gröttere Autos, Opa-style, wo man nich so deep sitten deit, silver-metallic för de Silverager, un achter in de Schiev steiht: Opa 2015. Oder ok: Rente 2019. Un ik denk: Okay, is ja supi, hartlichen Glückwunsch, aver worüm vertellst du mi dat? Wullt du een utgeven oder wat?

Aver wat ik nülichs sehn heff, op de Autobahn, dor keem ik doch erstmol in't Gruveln. Ik weer jüst op een Golden Hochtiet ween. Twüschen Meddag un Kaffee harr ik mien Geschichten vertellt, un ik weer noch ganz vull vun all dat würdevolle Levensglück, dat dat Ehrenpoor utstrahlt hett. So rull ik in mien olen Tourbus op de Autobahn trüch Richtung Heimat, Tempo Hunnert, allerbest Musik in`t Radio, een Lächeln in`t Gesicht, dor överhool mi mit hoget Tempo een deeper legten Sportwogen, un achter in`t Fenster stünn: Geschieden 2018!

Dor heff ik dacht: Dat is mol een langen Weg vun Hochtiet, Fotosession, Blomenstrussen, Flitterwochen, Jo-seggen, in gode un in leege Tieden, knutsch knutsch, to een deeper legten Sportwagen mit „Geschieden 2018!" in de Achterschiev. Woveel Water is intwüschen de Schwentine daal lopen, un wat is passeert, in de Twüschentiet. Un wo weeh mutt dat doon, wenn du achter dien Ex-Ehemann oder Ex-Ehefru ranföhrst, nah all de Johren, un achter in de Schiev steiht: „Geschieden 2018!"

Dor weer dat Lächeln weg ut mien Gesicht, un ik müss an mien Fru denken, un an mien Ehe. Wi harrn ok mol een grote Krise, in de Mitt vun de ningtiger Johren. Harr nich veel fehlt, un wi harrn „Geschieden 1997" in unse Achterschieven kleven kunnt. Aver wi hebbt dat dormols dörchstahn, un hüüt is allens goot. Ohn Probleme, ohn Lögen un Verdreihn kunn an uns Auto „Verheirat 1991" op de Achterschiev stahn. Ik find, dat hört sik veel beter an as „Geschieden 1997" oder „2018". Oder wann ok ümmer.

Ümmer anners

An een fernen Sommerdag
hett se mi besöcht
in mien lütte Kaat

se weer jüst fardig mit de School un
ik harr een poor Daag frie
twüschen Lehrtiet un Zivildeenst

barfoot seten wi op den Rasen un
drunken Tee un schnacken

över uns de Wolken
seilen över`n Heven
ümmer anners
ümmer anners

se strahl un vertell
se wull Theologie studeeren un ik dach
wat för een wertlosen Mist
aver seggt heff ik nix

later güngen wi rünner nah den See
de in`t Holt leeg un
ümmer noch liggt

de Wellen op dat Water
glitzern in de Sünn
ümmer anners
ümmer anners

nackig lepen wi rin
schwimmen röver nah de anner Siet un
ok wedder trüch

se harr keen Handdook
also geev ik ehr mien

schön weer se
groot un bruun
as een ole Statue
mit een lütte faste Bost
as Appeln

an`t Ufer
seten wi uns gegenöver
ümmer noch nackig
op mien Handdook

de Sünnschien keem dör de Bööm un
de Wind wackel un ruusch
mit de Birkenblääd

op ehre Bost geev dat een Speel
vun Licht un Schatten
ümmer anners
ümmer anners

Pointillismus
full mi in
Pointillismus un Impressionismus un
mien Kunstlehrer Valentin Rothmaler
as he schnack över Georges Seurat
Paul Signac
Camille Pissarro un Claude Monet

se molt wat se seht
sä he
un nich wat is
se molt nich de Wohrheit
se molt Indrücke
un de sünd
ümmer anners
ümmer anners

is doch wat hangen bleven
ut de Schooltiet
dach ik un
dat ik düt Bild nie nich vergeten warr

dat Schattenspeel op ehre lütte Bost
an düssen Sommerdag
ünner de Birkenbööm
an`t Seeufer
in`t Holt

eenmol
eenmol blots
hebbt wi uns küsst
aver mehr weer dor nich

se is tatsächlich Pastorin worrn

af un to
denk ik an ehr
wo se weer
nackig un jung
an unsen See

un an dat Leven
as dat kümmt un
as dat geiht
vun ganz alleen
un as dat is
schietig un schön un
ümmer anners
ümmer anners

Bi`n Tähndokter

Nülichs seet ik bi`n Tähndokter in de Töövstuuv un heff doröver nahdacht, wann ik mien erste Tähnböst kregen heff. Dor weer ik söss Johren olt. Ik keem to School, un an ersten Schooldag kregen wi frische Schölers alle een lütt Geschenk, fein inpackt in Klarsichtfolie: een lütte Tähnböst för Kinner, een lütte Tube Tähnpasta un een Tähnputzbeker ut Plastik, dor weer een lütten Jung op, de sik jüst de Tähn putzen dä. Un denn stünn dorop: *Nach dem Essen Zähneputzen nicht vergessen!*
Ik kann mi nich entsinnen, wat ik vörher mol de Tähn putzt heff. As all de Kinner vun de Buernhööf in uns Dörp weer ik nich in Kinnergoorn, un, naja, mien Öllern harrn jüst een Hoff op Lievrente övernohmen, de harrn Schulden un mit de Arbeit noog to doon; de hebbt dor nich op acht, wat wi Kinner uns de Tähn putzen. Wi harrn dat warm, wi harrn noog to eten, dat weer

31

dat wichtigste. Un vör wi avends to Bett güngen, hebbt wi noch een Naschi kregen, dormit wi ok goot schlopen kunnen.

Aver nu weer ik groot! Ik weer een Schoolkind un ik harr een Tähnböst! De ersten twee, dree Daag heff ik orntlich putzt, aver denn harr ik dor keen Lust mehr to. Af un to hett Mudder versöcht, mi to överreden, doch mol wedder Tähn to putzen, aver dat weer nu olt, langwielig un doof. Dor harr ik keen Bock op, du. Un denn keem Mudder mit een Idee üm de Eck. Se hett mi versproken, wenn ik avends orntlich Tähn putzen dä, denn kreeg ik achteran ümmer noch een Extra-Naschi vun ehr. Un so hebbt wi dat mookt, över Johren, un wi weren beide tofreden dormit.

Jaja, dat sünd so de Gedanken, de ik mi moken do, wenn ik bi`n Tähndokter in de Töövstuuv sitt. Ik bün nu wat öfter hier. Keen Ahnung, worüm un woso...

Buddelsammler

He weet dor woll nix vun, aver ik heff een Deal mit een Handwarker. Ik schätz mol, he is Muermann. Stell ik mi so vör. Jedeen Nahmeddag, wenn he Fieravend hett un vun de Arbeit kümmt, schmitt he een lerdige lütte Buddel Beer – Maurerbrause – un een lerdigen Flachmann Kööm ut dat Finster vun sien Auto. Dor liegt de Buddels denn an de Böschung.

Meddags gah ik meist een lütte Runn mit de Köters un koom ümmer dor lang. De Deal is: Ik entsorg för den Muermann dat Altglas vun den Flachmann un dörf dorför dat Pandgeld vun de Beerbuddel beholen. Dat mookt mi richtig Spoß. Is genetisch, mien Mudder hett sik ok ümmer düchdig höögt, wenn se Pandbuddeln funnen hett. Lange Tiet heff ik dacht, ik bün anners as mien Öllern. Un je öller ik warr, ümso klorer warrt mi: Ik bün jüst so as se.

Glööv dat oder nich, aver ik bün op den Weg to

33

Wohlstand und Sorglosigkeit. De Holsteener Droom, vun Buddelsammler to`n Millionär. Ik heff dat utrekent. Jeden Arbeitsdag 8 Cent Pandgeld. Fief Daag de Week, mookt jede Week 40 Cent. 52 Weken hett dat Johr. Minus 6 Weken Urlaub minus twee Weken, wenn de Muermann mol krank speelt. Sünd also 44 Weken dat Johr. mol 40 Cent. Sünd 17,60 Euro in`t Johr. Plus 20 mol Sünnavends, wenn de Muermann schwatt bi Kollegen arbeit. Sünd twintig Mol 8 Cent, also 1,60 Euro dorto. Sünd tosamen 19,20 Euro. Un af un to – villich, wenn he een schlechten Dag hett, sünd dor twee Buddels. Villich eenmol de Week. Mol 44, also 44 mol 8, also 3,52 Euro bobento. Also summasummarum 22,72 Euro jedet Johr! För mi! Blots för mi! Dat is Geld, dat sünd över 45, ach wat, meist 50 Mark. Jedet Johr!

So, un nu kann ik di utreken, wann ik Millionär bün. Fief Johren mook ik dat al. Sünd also al 113,60 Euro in mien Geldspieker. Fehlt an de Million blots noch 999.886,40 Euro. Wenn ik so wieder sammel, bruuk ik blots noch 44.009 Johren un een poor Daag bobento, un ik bün Millionär.

Ik hoff blots, de Muermann geiht intwüschen nich in Rente. Denn geiht mien Businessplan nich op. Aver keene Sorge, ik bün flexibel. Geldlüüd, so as ik een bün, de fallt ümmer wat in!

Dat erste Mol

Villich fief Johren olt weer ik, as ik to`n ersten Mol an`t Stüer seet, op een Trecker. Ik heff dat nich vergeten.

Mien Familie weer an`t Steen sammeln, op den Acker, in`t Fröhjohr. Vadder, Mudder, mien Broder un een Fründ vun em. Vadder seet achter`t Stüer, ik links blangen em op den Bifohrersitz över`n Kotflügel. Dat weer unsen ersten Fendt, Farmer 2 S, noch ohn Servolenkung un ohn Kabine. Wi harrn een lütten Anhänger achtern Fendt, dor hebbt Mudder un Broder un Fründ de Steen rinschmeten, dormit se bi de Oorn nich den Meihdöscher twei moken schullen. Mit dat Wahnsinnstempo vun ungefähr dree, wenn nich gor veer km/h neihen wi över de Koppel, un ik keek in de Gegend rüm.

Jichtenswann meen mien Vadder, dat he sülm mit Steen sammeln wull, stünn merrn in`t Fohren op, böhr mi hoch, pack mi op den Fohrersitz un sprüng rünner vun Trecker. Angst harr ik; ik füng an to blarrn. Hool di an`t Stüer fast!, reep mien Vadder. Föhr graad op dat anner End vun de Koppel to! Bit Ümdreihen hölp ik di! Un he bück sik daal un sammel Steen.

Also seet ik dor mit de Been in de Luft; an Kupplung, Gas un Brems keem ik nich ran. Ik klammer mi blots an`t Stüer un heff hofft, dat ik graad röver koom, aver doon kunn ik dor nix för un ok nix gegen; ik kunn an`t Stüer rieten, as ik wull, dat röhr sik nich; ik weer to lütt; ik weer to schwach. So bleier ik över de Koppel, un wenn mien Vadder dat to dull weer, hett he ünnen de Vörderreifen anpackt, merrn in de Fohrt, un em röver reten, un he schimp: Graad schasst du röver, nich so, as wenn een Bull över de Koppel pisst!

Un as wi an`t anner End vun de Koppel anlangt weren, hett Vadder ünnen den Reifen so wiet rümreten, dat wi een 1-a-Hunnert-achtig-Grad-Wende mookt hebbt. Boben dat Stüer dreih sik denn mit un möök mi erst Knotens in de Arms – Vadder harr jo seggt, ik schull mi ant Stüer fastholen – üm den Tüdel

glieks wedder optolösen, as wi wedder graad-
ut föhren.

So also weer dat erste Mol, dat ik Trecker föhrt
heff. Eegentlich föhlt sik dat hüüt noch so an, as
harr de Trecker eher mi föhrt.

Wat bleven is: ik heff sietdem echt flexible Arms.
Kannst Knotens in moken. Un ok wedder rut.

Een Meihdöscher to Wiehnachten

As ik een lütten Jung weer, acht Johren olt, drütte Klass, dor güng ik in Stolpe, in mien Heimatdörp to School. Morgens hett Mudder mi ümmer hinbröcht, mit unsen Käfer, aver meddags bün ik denn meist to Foot nah Huus lopen, tosamen mit Jens, veer Daag öller as ik un ok Buernsöhn. Bi Fru Stender ehren Laden hebbt wi ümmer anholen un dat Speeltüüg int Schaufinster bekeken. 1976, in de Vörwiehnachtstiet, stünn dor een originalgetreuen Miniatur-Meihdöscher, von Claas, mit Kabine, dat musst du di mol vörstellen. Noch nie harr ik in Echt een Meihdöscher mit Kabine sehn, Hannes Biss hett bi mien Öllern ümmer döscht, mit sien Meihdöscher ohn Kabine, un wenn Hannes Biss avends nah`t Döschen bi uns mit eten hett, weer sien Gesicht so schwatt vun Stoff, dat ik as Kind ümmer dacht heff, Hannes Biss kümmt ut Afrika. Dorbi weer he ut Bornhöved.

39

Aver düsse Claas-Meihdöscher in`t Schaufinster, mit Kabine, dor kunnst du Korn döschen, bi Regen, bi Ies un bi Schnee, du kunnst in diene Kabine sitten un wörrst nich natt un nich koolt! Düssen Meihdöscher wull ik hebben, to Wiehnachten. Ik heff em ganz boben op mien Wunschzettel schreven. Jüst so as Jens, de wull em ok hebben. Aver dor weer ja blots een Meihdöscher bi Fru Stender in`t Schaufinster, also heff ik dacht: Entweder krieg ik em, oder Jens kriggt em. Dat dat womöglich twee solke Meihdöschers geev, keem mi gor nich in den Sinn.

Wat heff ik töövt, wat heff ik bibbert, vör Wiehnachten, vör Hilligavend, vör de Bescherung. Denn weer dat sowiet, un ünnern Boom, dor leeg de Karton mit den Meihdöscher. Boah, wat heff ik mi freut! Danzt heff ik, danzt!

Ik kunn dat vör Ungeduld gor nich utholen, Jens antoropen, üm em to vertellen, dat ik, ik un blots ik den Meihdöscher kregen heff. Glieks nah de Bescherung, noch an Hilligavend wull ik anropen, aver Mudder sä, nix dor, hüüt avend warrt nich mehr telefoneert. Also müss ik töven, bit

Erst Wiehnachtsdag, vörmiddags. Ik harr Jens glieks an de Strippe. Ik heff em, reep ik, ik heff den Meihdöscher! Ik ok, sä Jens. Un Sönke ok, un Jörg, un Frank. Mit de heff ik al schnackt. Wi köönt all tohopen döschen mit unse Meih-döschers. Mien Mudder hett seggt, Fru Stender hett düt Johr woll dat best Geschäft mookt mit uns Buernjungs ut Dörp...

Süh, dor müss ik mi erstmol an gewöhnen, dat ik nich de enkelte Buernsöhn ut Stolpe weer, de den Claas-Meihdöscher harr. Aver egol, he weer liekers mien ganzen Stolt. De enkelte Meih-döscher, den ik jemols harr. Jichtenswo op den Dackbööhn heff ik em ümmer noch. Mit Kabine, kannst di dat vörstellen, mit Kabine!

Dat Profilbild

Lange Tiet wull ik keen Smartphone. Weer gor nich so schlecht mit mien olet Buernhandy. Groot un schwor as een Brikett – wenn mi dat in Stall ut de Hand fullen is, muss ik keen Angst hebben, dat dat dörch de Spalten in de Gülle plumpsen wörr. Keen Geblubber vun all de Chatgruppen, dat anner Lüüd ümmer de Tiet klaut. De Nahdeel weer, dat ik vun de Kommunikation mit mien Kinner utschloten weer. Aver de wüllt meist doch blots Geld oder dat ik ehr mol even afholen oder wohin föhren oder Bett oder Kommoden opbuen hölpen schull, un dorför kunnen se ok ümmer noch SMSen schicken. Liekers meenen mien Fru un mien Kinner, nu weer ok mol goot, un hebbt mi annerletzt to Geburtsdag een Smartphone schenkt. Funn ik een beten övergriffig, aver, naja, nu heff ik een Smartphone. Ik koom dor sogor mit trecht, so för dat Nödigste jedenfalls.
Nülichs avends meen mien Fru, ik bruuk een Pro-

filbild. Ik harr keen schönet Bild vun mi op`t Handy; aver mien Fru harr een. Dat erste Bild op ehr erst Smartphone, dree Johren her, ik mit een ganz frischet Charolais- Schwattbunt-Krüzungs-kalv op den Arm. Ut Versehen hett se denn – avends Klock teihn – dat Foto nich blots as Profilbild installeert, nee, se hett dat ok in mien Status stellt. Un denn güng dat los. Bing Bing Bing, eene Nahricht nah de anner: Oh, wo sööt, wokeen is dat denn, dörf ik komen un mol anfaten, un so wieder un sofort. Dat höll gor nich mehr op, un mien Fru sä: Segg ik doch, wenn du Kontakt hebben wullt, poste Biller vun Babydeerten.

Een Fründin hett schreven: Süht man, dat de to di hört, ji hebbt densülvigen Gesichtsutdruck. Wat ünnerstellst du mi, heff ik fraagt. Bing. Dor keem al de nächste Nahricht.

Nah een Veddelstünn harr ik noog vun all dat Bing Bing Bing, all dat Interesse an, nee, nich an mi, an dat Kalv. Ik schreev: Is al opeten. Iesenstang dörch, un denn hebbt wi grillt, över open Füer. Weer lecker, yummi yummi. Dor weer endlich Roh in Karton. Schluss mit Bing Bing Bing. Een Glück. du.

De Ananas-Frischkäse

Bi uns in de Familie bün ik meist de jenige, de Inköpen föhrt. Mien Fru argert sik denn ümmer. Worüm dree Mol Gouda? Worüm veer Mol Frischkäse? Worüm fief Mol Salami? För schlechte Tieden, segg ik denn. Un dat wi man grote Familie hebbt, fief Kinner. Dat de al nich mehr in`t Huus wohnt, vergeet ik aver oftins. Liekers, wi schmiet blots selten Levensmittel in de brune Tünn för den Biomüll. Wi hebbt gor keen brune Tünn. De brune Tünn bün ik; de Reste schmiet ik mi rin. Un wi hebbt ok noch de Höhner.

Johren is dat her, dor weer mol Frischkäse in`t Angebot. Un ik heff inköfft. Verscheedene Geschmacksrichtungen. Krüder ut Frankriek, Tomate-Paprika, Knobi, wat weet ik. Un dat geev ok Ananas. Ananas?, heff ik dacht, dat is ganz wat anners, heff ik dacht, söten Frischkäse, worüm nich, un heff een Packung köfft. Dat mutt

2014 west sien; denn achter op de Packung steiht: Mindestens haltbar bis 22.12.2014.

Tohuus heff ik de Frischkäse-Packungen in't Köhlschapp stopelt. Krüder ut Frankriek, Tomate-Paprika, Knobi – allens is opeeten worrn. Blots nich Ananas. Af un to heff ik de Packung in de Hand hatt, de Opschrift lest un dacht: Ananas? Söten Frischkäse? Wat för een Idiot hett den denn köfft? Un denn heff ik de Packung wedder trüch in't Köhlschapp packt.

Siet 2014 heff ik den Ananas-Frischkäse bi jedet Familienfröhstück op den Eetdisch stellt un akkraat dor op acht, wat een em open mookt. Aver ümmer datsülvige Speel: In de Hand nohmen, bekeken, Opschrift lest, dacht, uuah, söten Frischkäse, wokeen köfft sowat denn, un em wedder weg stellt. Siet meist söss Johren stunn de Ananas-Frischkäse originolverpackt bi uns in't Köhlschapp, un ik heff mi fraagt: Wo süht de Inhalt woll ut?

Nülichst seten wi mit de Familie mol wedder tohopen un ik heff de annern vertellt, wat dat mit den Ananas-Frischkäse op sik harr. All dachen se, jichtenseen itt dat woll, un dat dat ümmer niede Packungen west weren. Mien Fru weer erschüttert: Du wohrst söss Johren olen Frischkäse in uns Köhlschapp op? Spinnst du? Jo, sä ik, un nümms hett dor wat vun markt!

Un denn hett se mi dwungen, den Frischkäse open to moken. Langsam, ganz langsam heff ik de Alufolie boben in de Eck anfaat un aftrocken. Dat Erstaunliche: Dat weer ümmer noch Frischkäse. Hett so utsehn, hett so roken, hett so schmeckt. Gor nich schlecht. Wenn man söten Frischkäse mag. Also: ik jedenfalls nich.

De Höhner hebbt den Rest kregen. De hebbt sik freut.

De Klock

Mien Öllern harrn hier op den Hoff
in de gode Stuuv
över de Döör
een Klock hangen
de weer furchtbor hässlich

de hässlichste Klock överhaupt
een Eeken-Rustikal-Nahbildung
ut Plastik
mit een Zifferblatt in beige

as ik den Hoff övernohmen heff
sünd mien Öllern op dat Olendeel trocken
de Klock hebbt se mitnohmen

vun dor an
hüng se
in`t Olendeel
in de Köök
över de Döör

un dä
wat se op best kunn

lopen un
hässlich utsehn

as mien Öllern doot weren
hebbt wi dat Olendeel utrüümt
un renoveert
un vermiet

all uns Kinner hebbt dorbi holpen
un wenn se wat bruken kunnen
schullen se dat mitnehmen

nülichst harr unsen jüngsten Söhn
negenteihn Johren olt
mien Fru un mi
to Kaffee inlaadt
in siene Jungs-WG
in de Stadt

he harr sogor een Koken backt
nah een YouTube-Video
in`t Internet

wi seten in de Köök
drunken Kaffee
eeten Koken un schnacken un
över de Kökendöör
hüng de hässlichste Klock överhaupt

Eeken-Rustikal-Nahbildung
ut Plastik
mit een Zifferblatt in beige

se löppt un löppt un
ik müss lächeln

De Partycrashers

Kennt ji dat ok? Du fierst dien, wat weet ik, Geburtsdag, hest veele leeve Lüüd inlaadt un di bannig op den Avend freut. Un dat Fest is allerbest, aver du harrst vörher so veel to doon un weerst opgeregt, un nu is dat nah Merrnnacht, Klock een, Klock twee, du büst sowat vun mööd, aver dien Lüüd hebbt Sittfleesch, se gaht un gaht eenfach nich nah Huus. Wat kann man dor moken?

Tscha, un nu koom ik. Ik bün een groten Fründ vun lustige Geschichten un vun trurige Songs. Un wiel mi de Songs in`t Radio oftins nich trurig noog weren, heff ik sülven anfungen, welke to schrieven, tosamen mit mien Kumpel Achim. De erste Song, den wi schreven hebbt, hannelt vun den Doot vun een Krebskranken, de tweete vun Depressionen un Sülvstmordgedanken in sommerlichen Sünnschien. Vull de Partyhits, segg ik ju.

Nu fraagt ji bestimmt: Wokeen to`n Düwel will sowat hörn? Keener, klor. Aver wi hebbt een Geschäftsidee. Wi köönt nützlich ween. Wi nöömt uns de Partycrashers un beet een Party-Beendigungsnothilfe an. Rund üm de Klock, 24/7, kannst du uns anropen, wenn dien Gäste sitt un sitt un nich gahn wüllt. Un denn koomt wi gau vörbi, speelt unse beiden Songs, un zack! Staht se op, treckt sik de Jacken an, murmelt wat vun „morgen fröh is de Nacht wedder to End" un verafscheedt sik. Un ratzfatz, köönt ji endlich in de Puch.

Veereenhalv tofredene Kunnen köönt nich irren! Vun nu an mit Geld-torüch-Garantie, un för besünners schwore Fälle vun Sittfleesch hebbt wi noch een niedet Leed över Demenz un Inkontinenz (dat riemt sik!) in`t Angebot!

Eenfach bi unsen Manager anropen; wi koomt rüm, un de Party is vörbi! Versproken!

De Schrottbuer

Manche Lüüd seggt, ik bün een Schrottbuer. Meist all mien Treckers sünd oolt, mien Maschinen sünd oolt, sogor ik sülven bün oolt. Tja, mag ween. Aver is allens betahlt, un dat is jo ok al wat wert. Un af un to kümmt ok mol wat weg; dor geev ik de Schrottis wat mit. Ümmerhin. Ik meen, ik heff een Kolleeg, poor Dörper wieder, dor föhrt keen Schrotti mehr hin, wiel he dat ümmer noch schafft hett, de Schrottis wat vun LKW daal to schnacken. Jedet Mol föhrt se dor mit weniger wedder weg, un nu mookt se all een groten Bogen üm sien Hoff.

Wat mi lange Tiet gor nich opfullen is: Al wenn du rop fohrst büst op mien Hoff, stünn dor links un rechts Schrott blangen de Infohrt. Linker Hand de Schworgrubber, an den de Rahmen twei broken is. Ok al fief Johren her. Wull ik eegentlich mol heil moken. Un rechter Hand de Spotenrullegg, de Vadder mol köfft harr un de för uns Land to licht weer un so bleier achtern Trecker. Solang ik denken kann, stünn se dor. Ik meen, anner Lüüd hebbt an de Hoffinfohrt witte Steen oder wat weet ik, Bronzestatuen, Löwen oder Peer oder Pöög oder Köters – ik heff Schrott. Villich gor nich schlecht. Wenn Inbrekers koomt, Gangsters, de Warktüüch klauen wüllt oder anner Maschinen – wenn se de Rosthupens seht an mien Hoffinfohrt, denn denkt se: Du, hier is doch nix to holen, laat uns afhauen. Un de Trecker ut Platin un de niede Rundballenpress ut 24-Karat Gold staht blots twintig Meter wieder in de Maschinenhall, un keen Gangster weet dorvun…

Annerletzt aver harr ik een Monteur dor, de mien Trecker heil mookt hett. Also nich den ut Platin, nee, den ut Plastik, italienisches Fabrikat. He harr de Spotenrullegg sehn un wull ehr mi afköpen, för föfftig Euro. Jo, worüm nich, heff ik dacht, un nächsten Dag keem he un hett ehr afhoolt. Nu fehlt dor wat, op de rechte Siet, wenn du op den Hoff föhrst. Süht jichtenswo nackig ut. Aver mi fallt wat in. Jichtenswo heff ik doch noch den olen Gülleröhrer, de vör teihn Johren

53

oder so Schrott gahn is. Wenn ik em hochkannt hinstell, kann de Quirl sik in Wind dreihen un Besökers begröten: Willkomen op den Schrott-buernhoff!

Aver wo is de Gülleröhrer? Wo heff ik em dormols afbuut? Ach ja, ik weet, nu fallt mi dat wedder in. He liggt wiss achter den kaputten Kipper, de achter den verbogenen Siloverdeeler steiht, glieks achter den Mistreuer, wo de Achs ünner rut broken weer…

Familienkonvoi

Also, eens mol vörweg. Ik bün keen Typ, de seggen wörr: Fröher weer allens beter oder so'n Mist. Nee, fröher weer nich allens beter. Nabendymanos an't Fohrrad to'n Bispeel sünd een würkliche Verbeterung gegenöver fröher. Wokeen, so as ik, mehr as Dreeviertel vun sien Leven mit Rööd rumföhrt is, de so een oltmodschen Dynamo an't Vörderrad harrn, de sowieso blots half leep, un wenn dat natt weer, gor nich, un denn büst du meist doch ohn Licht föhrt, denn freust du di den ganzen Dag över dien Rad mit Nabendynamo.

Eegentlich, dat mutt man weten, bün ik jo een unbescholten Börger, un ik harr eegentlich nie nich Arger mit de Polizei. Afsehn vun eenmol. Is al een poor Johren her; dor weren uns Kinner noch lütt, un wi weren mit Rad to dat grote Osterfüer an unsen See föhrt, mien Fru, de fief Kinner un ik, all op egen Fohrrööd mit ole

Dynamos an`t Rad. So sünd wi Konvoi nah den See föhrt, mien Fru vörweg, de Kinner in de Mitt un ik achteran. Op den Hinweg weer dat noch hell, aver as wi laat an Avend wedder nah Huus wullen, weer dat düster.

Mien Vadder weer lange Tiet CDU-Gemeenderat. De Familienpartei. Vun Vadder heff ik lehrt, wo wichtig de Familie is un dat een Familie tosamen holen mutt, in alle Situationen, ümmer, egol, wat man mol Striet miteenanner hett oder wat allens chico is. As wi also in`t Dustern vun`t Lagerfüer weg un nah Huus föhrt sünd, weren wi as Familienkonvoi vörschriftsmäßig ünnerwegens: Mien Fru vörweg; bi ehr güng dat Vörderlicht. In de Mitt uns Kinner mit, naja, recht wenig Licht, un ik achteran; bi mi güng dat achterste Licht. As Familie harrn wi also Vörder- un Achterlicht, un dat güng.

Op den Weg nah Huus hett uns de Dörpspolizist anholen. So güng dat jo nich, sä he, un dat wi nu nah Huus schuven müssen un unverzüglich dat Licht an de Rööd repareeren. Jo, Herr Wachtmeister, säen wi, un as he mit sien Bulli üm de Eck weer, stegen wi wedder op Rad un föhren wieder; denn de Kinner weren mööd un wi wullen gau nah Huus. Aver as wi üm de Kurv keemen, stünn he wedder dor un hett op uns töövt. Tja, dach ik dor, de kennt sien Pappenheimers. Nu hett he düchtig mit uns schimpt, mit mi vör allem, un glieks nah Ostern müss ik all de Rööd verkehrsseker op de Wache vörwiesen. Wat ik ok mookt heff. Dat ganze Osterwekenend heff ik an de dammigen Dynamos rümschruuvt, un liekers güng dat achteran blots so halv. För den Wachtmeister hett dat langt, aver eens segg ik ju: Mit Nabendynamos weer dat nich passeert!

Fohrrad bi Vullmaand

Negenteihn weer ik, ik güng noch to School, kort vör`t Abi, Football heff ik speelt in de erste Herrenmannschop vun TSV Wankendörp. Dingsdag un Dünnersdag harrn wi Training. Ik harr al Föhrerschien, aver noch keen Auto. Ik harr een olet Fohrrad, dree Gänge, aver blots de mittlere gung, ohn Licht, so bün ik avends los to Footballtraining; ik weer fit as een Turnschoh. Un nah`t Training bün ik oftins noch de acht Kilometer nah Schmalensee föhrt un heff Uta besöcht, mien Fründin dormols, miene erste Leevde. Se harr een Peerd, un ehr Vadder harr Schwien. Op den Weg dörch dat Huus hin nah Utas Stuuv müss ik an de Arbeitsklamotten vun ehren Vadder vörbi. Noch Johren later – miene Tiet mit Uta weer lang vörbi – hett mi de Gestank vun Mastschwien in een spontanen Tostand vun Erregung un Vörfreud versett: Glieks bün ik dor, glieks warr ik afknutscht!

Un denn weer ik dor, bi Uta, wi legen in ehre Stuuv un sabbeln, lesen uns unse Dagböker vör, höllen uns an de Hannen, striekeln uns un küssen uns un flüstern uns wat in de Ohren un hören Musik, vun Platte, Billy Bragg un de House-martins un The Smiths, *and if a double decker bus crashes into us, to die by your side is such a heavenly way to die, and if a ten ton truck kills the both of us, to die by your side, well, the pleasure and the privilege is mine.* Wi weren so glücklich, wi weren jung un in love un schüümten över.

Üm un bi Merrnnacht müss ik denn los, rut ut de Warms, rop op Fohrrad, ohn Licht, af nah Huus. De Straten weren düster un eensom, un in mien Erinnern is dat bitterkoolt, so dat de Schnodder in de Nees infreert, bit Luft holen, un bit Utaten daut de Schnodder wedder op, hin un her, hin un her. Dor liggt Schnee. De vulle Maand schient över`t Land. De Nacht is wunnerschön, un merrn dör de Nacht fohr ik, schwev ik, mit Rad, ohn Licht, dörchknutscht un dörchknuddelt un glücklich, so glücklich, dat ik sing, luut, op Rad, *and if a double decker bus crashes into us* un so wieder un so wieder un so fort.

Wenn ik The Smiths hör – oder wenn ik Mast-schwien rüken do – kümmt dat allens wedder hoch, un ik föhl mi, as wenn ik negenteihn weer, op Rad, op mien Weg dör de Nacht.

Leevde

As ik nülichst nah Huus keem
merrn in de Nacht
nah een lange Tour op de Autobohn
wull ik nix mehr
as blots noch to Bett

ganz still un liesen
heff ik mi hinleggt
blangen mien Fru

se is nich waken worrn
aver in ehren Schlap
lang se nah mi röver
üm seker to ween
dat ik dor weer
an ehre Siet

nahdem se mi föhlt harr
grunz se tofreden

dreih sik üm un
weer al wedder weg

Minuten noch
leeg ik in`t Dustern
keek in de Nacht
de Ogen natt
so anröhrt weer ik
Leevde
dach ik
dat is Leevde

vör ik wegsackt bün
över de Kant

Groot un stark

As Jung, in`t Grundschoolöller, heff ik oftins bi Oma un Opa schlopen. Anners as bi all de annern Buerngören in uns Dörp harrn wi Oma un Opa nich in`t Huus. Se wohnten twee Kilometer weg, op de anner Siet vun de Autobahn. Mien Öllern harrn 1962 heiraat, un erst hebbt mien Öllern un Oma un Opa op een Hoff wohnt, Hoff Seeland, mien Öllern in dat ole, bufällige Buernhuus, mit open Füer op de Deel, as in`t negenteihnte Johrhunnert, mien Oma un Opa in dat lütte Arbeiterhuus, dat blangenbi stünn. 1965 stünn denn twee Kilometer wieder een Hoff to verköpen, un mien Öllern, ofschoonst se wenig Geld harrn, hebbt dorop boden. Un se kregen den Hoff. Dörtigdusend Mark müssen se glieks op den Disch leggen un denn de ole Buersfru vun Hoff een levenslange Lievrente betahlen. Un de Fru is olt worrn. Ik weet noch, wo dat weer, as se storven is. Dat mutt in de achtiger Johren west sien. Ik seet in mien Stuuv in ersten Stock un weer an`t Schoolarbeiten moken, dor keem mien Vadder rin. Dat weer recht ungewöhnlich; he keem eegentlich nie nich in ersten Stock, aver besünnere Anlässe verlangt besünnere Handlungen. Mit den Familienanzeigendeel vun de Kieler Nahrichten in de Hand stünn he in mien Stuvendöör un reep: Die Alde is doot! Endlich is die Alde doot! De Hoff hört nu uns!

Jedenfalls sünd mien Öllern 1965 op den niegen Hoff Wittmaaßen trocken – de Tostand vun dat Gebüüd weer ok nich beter; Mudder vertell ümmer, se keem rin un wull mol frische Luft rin laten. Un as se in de Köök dat Fenster open moken dä, dor full dat kumpleet, in een Stück, rut in`n Höhnerhoff. Nu weren also mien Öllern un Oma un Opa twee Kilometer utnanner, beste Distanz twüschen de Generationen, sä mien Vadder ümmer; du büst dicht bi, aver du kannst nich in Puschen röver lopen. Oma un Opa bleven op Seeland in de Arbeiterkaat. Dat Buernhuus full bald tohopen, un Opa seet oftins in de Köök vun de Kaat un keek röver nah Wittmaaßen. He hett ümmer extra in de Knicken de Bööm rutschneden, de in de Blickachse stünnen. Op twee Kilometer kunn he twors nich sehn, wat mien Vadder arbeiden dä. Aver wenigstens kunn he kieken, wat de Hoff noch steiht oder wat dat brennt oder wat de Köh op de Huusweid weren oder op den Barg.

Jedenfalls, wenn mien Öllern utgahn wullen, un dat möken se af un to, dat weer de enkelte Urlaub, de enkelte Afwesslung vun Alldag, de se harrn, sünnavends to Ball oder to Geburtsdag, denn müssen erst mien Broder un ik un later ik alleen, wiel Udo jichtenswann olt noog weer un alleen blieven kunn, bi Oma un Opa schlopen. De beiden harrn denn in de lütte Stuuv ümmer extra een Sofa trecht mookt, to schlopen, aver an`t End heff ik doch ümmer op de Ritze legen, twüschen mien Grootöllern. De Geruch in de Schlopstuuv vun Oma un Opa weer anners as allens annere, een eenzigortige Mischung ut Muff, Omaparfüm un Franzbranntwien, un över`t Bett hüng dat Hochtietsfoto vun de beiden, mit een Stück vun ehren Schleier in den Rahmen, un ünner`t Foto stünn: November 1932.

To Fröhstück seten wi dree denn an Kökendisch,

un Oma hett mi ümmer een Zuckerei mookt. Zuckerei weer dat Beste överhaupt, un denn geev dat noch Fienbroot mit Bodder un Honning – vun Opas eegen Immen – un bobenrop hett Oma för mi ümmer noch een Stück Koken kleevt, een vun ehre Puffers, de harr se ümmer op Vörrat dor. Nehm man noch een, säen de beiden ümmer to mi, dormit du groot un stark warrst.

Eenmol hefft ik to Opa seggt, he schull man noch een Stück Brot eten, dormit he groot un stark warrt. Un Opa lach un sä: Groot un stark. Dat bün ik mol west. Dat warr ik nich wedder.

Dormols heff ik nich kapiert, wat he dormit seggen wull. Sien Wöör aver heff ik nich vergeten, un sien Blick ok nich.

Dat hett een beten duert, aver hüüt verstah ik em.

De Wiehnachtsmann

As ik Kind weer – nu, ik kann mi nich entsinnen, dat mien Öllern jemols sowat as een Wiehnachtsmann organiseert harrn, för mien Broder un mi. Nee, dat geev Eeten, Eeten, Eeten, Karpen un Senfeier un Kartüffeln un Supp vörweg un achteran Zitronenpudding, un even vör`t To-Bett-Gahn keem Mudder mit de Geschenke üm de Eck. Un Mudder harr keen roden Mantel an un keen langen, witten Bort. Mudders Bort weer kort un blond.

As mien Fru un ik denn Kinner harrn, dor hebbt wi de ersten poor Johren ümmer tosehn, dat wi een Wiehnachtsmann kregen. Meist hebbt dat Frünnen mookt, aver de harrn denn jichtenswann ok Kinner un keen Tiet mehr. Een Johr heff ik dat sülven mookt. Jüst, bevör de Wiehnachtsmann komen schull, müss ik nochmol gau rut, in Stall, een Koh wull kalven. Buten heff ik mi denn den Bort ümtüdelt, Mütz opsett, Mantel antrocken un keem denn mit de Geschenke wedder rin. Mien Dochter Marie fröög mien Fru: Worüm hett de Wiehnachtsmann Papa siene Puschen an? Jo, sä mien Fru, ääh, de Steveln vun Wiehnachtsmann weren so schietig, dor hett he se lever buten uttrocken un sik Vadders Puschen utlehnt. Marie hett dat glöövt. Dat weer jüst nochmol goot gahn. De passt ja op, de Gören.

Dat Johr dornah hebbt wi mien besten Fründ Dieter fraagt, wat he den Wiehnachtsmann spelen kunn. Dütmol schull allens klappen. Wi harrn em extra in`t Wiehnachtsmann-Trainingslager schickt, Stimm verstellen, Bort fastkleven, dicke Steveln, an allens harrn wi dacht. Wi seten jüst bi`t Kaffeedrinken, de ganze, groote Familie, mien Schwegermudder un mien Öllern weren ok dorbi, denn klopp dat an de Döör, un de Wiehnachtsmann keem rin. He wull jüst anfangen mit siene Show, dor reep mien Mudder: Hallo, Dieter! Ik harr di meist nich kennt, mit den Bort un de Mütz un den Mantel! Wo hest du dat denn ümmer so? Sett di daal, vertell doch mol!

Dat weer dat letzte Johr, dat wi een Wiehnachtsmann harrn. Nu gifft dat Eeten, Eeten, Eeten, un dornah gifft dat Geschenke. Jüst so as fröher, as ik een Kind weer.

In de Zeitung

Solang ik denken kann, harrn wi tohuus ümmer jeden Dag de Zeitung, de Kieler Nahrichten. Un solang ik denken kann, hett mien Mudder ehr ümmer as erstes vun achtern opschlagen, üm nah to kieken, wokeen doot bleven weer. Seggt hett se aver ümmer: Erstmol kieken, wokeen nich mehr bi Karstadt inköpen dröff. Dat dat nu womöglich bald vörbi is mit bi Karstadt inköpen, dat, wenn du so wullt, nüms mehr bi Karstadt inköpen dröff, eenfach, wiel dat Karstadt nich mehr gifft – nu, wenn ik Mudder vertellt harr, du, du kannst nich mehr bi Karstadt inköpen, Karstadt gifft dat nich mehr – ik bün mi seker, Mudder harr mi nich glöövt. Mudder harr dacht, ik bün besopen, oder ik spinn.

Jedenfalls hett Mudder ümmer de Zeitung vun achtern opschlagen un de Dodesanzeigen leest. Un ik entsinn mi an een Sünnavendmorgen in de fröhen achtiger Johren – dat weer nich Mudders beste Tiet; se harr kort achtereenanner ehr Mudder un ehren öltsten Broder verloren – dor schlöög Mudder de Zeitung op un lees ehr egen Dodesanzeige: *Dorothea Stührwohld. Ein gutes Mutterherz hat aufgehört zu schlagen.*

Erst hett Mudder sik düchtig verfehrt, aver denn keek se genauer. Dorothea Stührwohld weer doot un nich Dorothea Stührwoldt. Wat dat utmookt, reep se, twee anner Bookstaven, un ik weer doot west! Kiekst in de Zeitung un büst doot – vun dor an weer dat een vun de Lieblingssprüche vun mien Mudder. Un ik meen, de Wohrschien-lichkeit, dat jüst een anner Dorothea Stührwoldt doot bleven is, is ja nu mol würklich minn. Wenn du, wat weet ik, Thomas Müller heten deist, büst du wohrschienlich meist jedeen Dag doot, jichtenswo in Dütschland, oder du büst Profi bi`n FC Bayern. Aver Dorothea Stührwoldt?

Un Mudder hett sik freut, dat bi de Geburt vun mien Urgrootvadder in`t Standesamt jichtenswo in Schleswig-Holsteen een preußischen Beamten mit Lese-Rechtschreibschwäche Deenst harr. So jedenfalls geiht de Familienlegende. Düsse Be-amte harr den Achternomen verkehrt afschreven, aver wiel een preußischen Beamten keen Fehler moken deit, hebbt se dat vun dor an bibeholen. Mien Uropa harr Bröder, de ehre Achternomens anners schreven hebbt as he, un mien Opa harr Masse Kusinen un Cousins, de Stührwohlds weren un keene Stührwoldts.

Poor Johr, nahdem mien Mudder in de Zeitung keken harr un blots meist doot weer, keek mien Vadder in de Zeitung un weer doot. Aver dat hett he vörher weten; he harr de Anzeige sogar sülven opgeven. Denn sien Vadder – mien Opa – weer storven, un de hett jüst so as Vadder heten: Johannes Stührwoldt. Dorüm hett mien Vadder sik ok nich verfehrt, as he sien Nomen in de Zeitung lest hett.

Hüüt sünd mien Öllern beide doot, un nu bün ik de, de morgens de Zeitung vun achtern lesen deit. Mien Nomen heff ik dorbi allerdings noch nich sehn. Ik bün an`t Leven. Wat een Glück.

Blots anner Lüüd hebbt al mol dacht, dat ik doot weer. As wi hier in Stolpe, in mien Heimatdörp in März 2020 een vun de ersten Corona-Hotspots weren, is unsen tweeten stellvertretenden Börger- meister dor an storven. De erste stellvertretende

Börgermeister weer ik. Een groten schleswig-holsteenschen Zeitungsverlag hett in siene Online-Utgaav titelt: „Corona-Hotspot Stolpe: Stellvertretender Bürgermeister tot". Hett blots een poor Minuten duert, dor kreeg mien öltste Dochter de erste Kondolenznahricht op Facebook. Glieks hett se mi anropen: Büst du doot?, hett se fraagt. Dor weet ik nix vun, heff ik antert. Aver ik glööv nich. Un wenn, denn is dat noch recht frisch un ik heff dor noch nix vun markt.

Doot bün ik erst, wenn mien Nomen achter in de Zeitung steiht. Mit een schwatten Rand rundüm. Wenn dat denn noch Zeitungen gifft, wenn dat een goden Dag sowiet is.

Beige

Ik mutt dat eenfach mol seggen: Ik heff mien Fru so bannig veel to verdanken. Nich blots mien Kinner un över dörtig Johren Fründschop un Leevde un Hölp un Küsse un dat se ümmer noch nich weglopen is un to mi steiht in gode un in leege Tieden, över dörtig Johren Alldag mit een Kerdl, de ümmer öller warrt un grötter in fast all de Richtungen, blots de Länge nich un allens dat annere, wat mi nu nich infallt – nee, se hett mi tominnst vör een pienliche Situation bewohrt. Se hett mi wat bibröcht. Wat Wichtiget.
Veele Lüüd glöövt dat nich, aver in mien Öllernhuus geev dat meist keen Böker. Wat nich heet, dat mien Öllern nich leest hebbt. Se hebbt blots keen Böker leest. Aver solang ik denken kann, keem jeden Dag de Kieler Zeitung, jede Week dat Buernblatt un eenmol in Maand de Top Agrar. Kinnerböker harrn wi nich, blots een enkeltet, dat schlimmste överhaupt: De Struwwel-

peter. Mudder harr een poor Böker, vör allem över Peer un över`t Rieden, aver de legen op den Dackböön un weren vull mit Stoff un Kattenschiet. Bit ik in`t Gymnasium in Plön keem un in de Stadtbökerie een Kundenkort kreeg, weer miene Lektüre dat Micky Maus-Heft, dat ik mi eenmol de Week vun Mudders Eiergeld ut Fru Stender ehren Laden hoolt heff. Un de Kieler Zeitung, dat Buernblatt un de Top Agrar – de legen so un so bi uns rüm.

Wenn ik mol bi Oma un Opa schlopen heff, geev dat dor ok nich veel to lesen. Se harrn een Kinnerbook – ik glööv, dat weer vun James Krüss – un denn harrn se de Kieler Zeitung vun güstern, dat Buernblatt vun vergangene Week un de Top Agrar vun letzten Maand. Oma un Opa kregen all dat ümmer vun uns, wenn dat bi uns utleest weer. Dorüm weer mi all dat, wat bi Oma un Opa to lesen rüm leeg, al bekannt – dat harr ik tohuus jo al dörchkeken.

Liekers harr ik bi Oma un Opa ümmer wat to lesen; denn Oma un Opa harrn den Quelle-Katalog. Ümmer, wenn ik bi Oma un Opa weer, heff ik mi den Quelle-Katalog herkregen un em bekeken, vun vörn nah achtern, allens. Dat Speeltüüch, de Fohrrööd, de Kettcars, de Plattenspelers, de Waschmaschien un ok so futuristische Saken as Geschirrspölers. So wat harr ik noch nie nich in Echt sehn. Un ok de Modesieden heff ik mi bekeken, de Fruuns in Ünnerbüxen un Bostenholers un de Kerdls, de so ganz anners utsehn as mien Vadder: nich lütt un dick un vull mit Hoor överall, sünnern schlank un groot un glatt rasiert. Ik heff mi de Saken bekeken un ünnern in de Legende nahleest, wat dat denn so weer. Op düsse Wies heff ik een Farv entdeckt, de höös „beige". Ik harr jüst lesen lehrt; ik harr keen Ahnung vun Fremdspraken, vun Französisch al gor nich, aver ik heff mi dat Foto bekeken, un also wüss ik, dat beige een Farv weer, so komisch düster schietig geel. Dat heff ik mi markt; dat harr ik afspiekert.

Johren later heff ik mien Mudder mit ehr Fründin Heinke över een Jack schnacken hört; de muchen se lieden un de weer „beesch". So jedenfalls heff ik mi dat Wort vörstellt, dat ik hört heff, un ik heff dacht, dat is mol een schöne norddütsche Farv, beesch. Ok schietig geel, meist so as beige, blots een lütten Ticken heller. Vun dor an geev dat in miene rieke, bunte Welt eene Farvenpalett mit twee verscheedene Farvtön vun schietig geel. Beesch, dat weer hell-schietig-geel, un beige, dat weer düster-schietig-geel.

Mit düsse beide Farven bün ik groot worrn, heff söven Johren Französisch in de School hatt, blangenbi ümmer mit een Een in Tüügnis, harr mien erste Fründin, heff küsst un fummelt un Abitur mookt, bün erwassen worrn, heff Buer lehrt, Zivildeenst mookt, mien Fru kennenlehrt un bün allens in allen goot dörch dat Leven komen, ohn dat mi eenmol klor worrn is, dat beige un beesch datsülvige is.

Mi Fru un ik weren all tosamen; ik glööv, wi wullen tosamen trecken, un ik heff vörschlogen, wi kunnen de Wand in Flur beige anmolen. Un se fröög: Wie? Un ik sä: Beige. Un se: Wie beige? Un ik: Na, beige even! Kennst du beige nich? Se schüttel den Kopp, füng an to lachen, aver se hett mi nich utlacht, se hett eenfach lacht doröver, wo lustig de Welt, wo lustig dat Leven ween kann. Un denn hett se mi de Welt verkloort. Dat beige un beesch desülvigen Farven sünd, un dat beige

französisch is. In düssen Ogenblick is mien Welt
to glieke Tiet rieker un armer worrn. Rieker, wiel
ik een Fru funnen harr, de mi de Welt verkloren
kunn. Un armer, wiel ut twee Farven nu eene
worrn weer, un weniger Farven heet, dat miene
Erwassenenwelt weniger bunt is as mien Kinner-
welt.

Je länger ik doröver nahdenken do, ümso dank-
borer bün ik mien Fru. Ik meen, dat harr ja woll
richtig pienlich warrn kunnt, Matten in`t Herren-
överbekleidungsfachgeschäft, wat weet ik, bi
Nortex oder so. Ik gah dor rin, un glieks kümmt
een Fachberater op mi to un fraagt mi, wat he mi
hölpen kann. Jo, segg ik, ik harr geern een Büx
in beige. Wie bitte?, fraagt he, un ik fraag mi,
wat ik so nuschel un wat he wat mit de Ohrn hett.
Een Büx in beige, segg ik luut un dütlich. Ach,
Sie meinen „beige". Nee, segg ik, beesch is mi to
hell, dat schall een beten düsterer ween, beige
even. Un he grient un seggt, dor kunn he mi nich
hölpen, aver he warrt mol den Afdeelungsleiter
anropen. Un he geiht hin nah`t Telefon un giggelt
dorin: Du, Bernhard, du glöövst nich, wat ik hier
för een Kerdl heff. De will een Büx in, prust,

gacker, beige! Koom mol mit all de Kollegen her! Un denn staht se üm mi rüm, un de Afdeelungsleiter fraagt mi nochmol, vör all de Lüüd: Mein Herr, wie können wir Ihnen helfen? Un ik segg: Ik harr geern een Büx in beige! Un dor prust se los, all tohopen, de ersten fallt üm, un ik weet würklich nich, wat ik moken schall, un segg noch: Na, wenn se keen Büx in beige hebbt – to Not nehm ik ok een in taupe. Oder in toop... Dat is denn de Ogenblick, in den de Afdeelungsleiter een Erstickungsanfall kriggt un blau in't Gesicht warrt, wiel he so lachen mutt.

Is mi allens erspoort bleven. Ik kann gor nich seggen, wo dankbar ik mien Fru dorför bün. Ohn ehr weer mien Leven dat reine Desaster worrn!

Is hüüt noch güstern
oder is hüüt al morgen?

Winter op`n Buernhoff mit Köh kann recht eentönig ween. Mi geiht dat in laten Harvst ümmer so, dat ik allens versöök, üm den Weide-afdriev un dat Opstallen vun de letzten Jung-tieren noch so lang as möglich nah achtern rut to schuben, aver jichtenswann twüschen Nikolaus un Wiehnachten is dat denn sowiet, dat ik insehn mutt, dat de Tiet för Weidehaltung för dütt Johr to End is. Ik meen, ik fudder denn Silo to, op de Koppel, ut de Rundraufe, aver de Tieren kiekt mi jedet Mol so trurig an, as wullen se seggen: Och, Buer, nu koom, nehm uns endlich mit nah Huus. Un in een halve Stünn hebbt wi ehr denn op den Veehhänger un in Stall, un denn toovt se glück-lich dörch de frische Instreu un kackt un miegt dor so freudig erregt rin, as wenn dat dat gröttste Vergnögen överhaupt is: frische Instreu schietig to moken. Un ik stah in Stall un kiek ehr to un freu mi doran, ehr all wedder bi`t Huus to hebben. Gliektiedig weet ik, dat nu de eentönige Tiet op den Hoff anfangt un ik kann dat gor nich aftöven, de ersten Tieren in April wedder op de Weid to laten. Jedenfalls stell ik mi nu al mol vör, wo selig se denn sünd un danzt un springt un hüppt as de Flummis.

Un denn, an de düstersten Daag överhaupt, geiht de Winter los. Winter heet: Duster. Natt. Schmuddelig. Matsch op den Hoff. Un Melken. Fuddern. Misten. Instreuen. Un nächsten Dag wedder vun vörn: Melken. Fuddern. Misten. Instreuen. Murmeltierdag, Dag för Dag. Week för Week. Maand för Maand. Bit dat Fröhjohr dor is un de Sünn wedder hoch un de Weid dröög noog, üm de ersten Tieren wedder rut to laten. Melken. Fuddern. Misten. Instreuen. Du warrst nie fardig; jeden Morgen geiht de Kraam vun vörn los. Solang du ehr fudderst, schiet se ok, un wenn se schiet, musst du ehr utmisten un instreuen. Arbeit treckt Arbeit nah sik; dat weer al ümmer so, sä Vadder ümmer, un wenn du as Kohbuer in Winter nich oppasst, denn kannst du mang de Wekendaag verbiestern. Mit een mol fraagst du di: Is hüüt noch güstern oder is hüüt al morgen?

För manche Buern is dat gor nich eenfach, dor dörch to komen. Nich all köönt düsse Eentönigkeit af, un de een oder anner warrt in Winter depressiv. Dorvun geiht de düster Tiet aver ok nich gauer vörbi, eher in Gegendeel.

In mien tweetet Lehrjohr in de Landwirtschop weer ik op een Biohoff, op Hoff Berg in Dannau, hier in Kreis Plön. De Buerslüüd dor harrn Ackerbu, Gröönland un Melkköh. In dat Dörp geev dat ok Biogoorners, de een Hoffladen harrn. För düssen Hoffladen hebbt wi dormols Kääs mookt un Broot backt. In de düster Wintertiet hett de Buer mi fraagt, wat ik een Dag de Week lever bi`t Kääsmoken oder bi`t Brootbacken mitmoken wull. Ik heff dormols beschloten, Broot backen to lernen. Vun dor an harr ik in düssen duster Winter söss Daag de Week mit Melken Fuddern Misten Instreuen un een Dag mit Broot backen.

Dat weer grootartig. In düsse Tiet heff ik faststellt: Wenn du een Dag de Week wat ganz anners mookst, föhlt sik dat Ganze al veel beter an. Ik müss morgens noch nich mol in Stall. As de annern anfungen to melken, bün ik mit de Chefin in de Backstuuv gahn un heff holpen, den Brootdeeg vörtobereiden. Wi hebbt ümmer üm de sösstig Suerdeegbrote un twintig Hefedeegbrote backt, un ik stünn in Ünnerhemd in de Backstuuv un heff in den olen Backtrog ut Eekenholt mit de Hannen den Brootdeeg kneet. Dat geev Muckis, bit nah de Ellenbogens weren mien Arms in de Matsche, un later denn vör den Backoben to stahn, dörch de Schiev to kieken un to sehn, wo dat Broot opgeiht un gor warrt, weer dat Gröttste överhaupt.

De Hoffladen weer goot een Kilometer weg, un wenn dat Broot fardig weer, hebbt wi dat op unsen Fohrradanhänger stopelt un mit Rad röverfohrt, hin nah de Goorners. Oh, wat weer ik stolt, as ik mien ersten Fohrradanhänger vull mit sülvst backte Broot dörch dat Dörp fohrt heff; nah de Hitten in de Backstuuv weer dat goot, mit Rad dörch de frische Luft to susen, de Lohn vun mien Arbeit achter mi: achtig köstlich duftende Brootliev.

Un dat heff ik lehrt in mien tweetet Lehrjohr in

de Landwirtschop: ut Roggen un Weeten lecker Broot to backen. Un dat dat wichtig is, in de düster Wintertiet op den Buernhoff ok mol wat anners to moken as Melken Fuddern Misten Instreuen. An besten wat, wat du jichtenswann an Dag anfangen deist un wat jichtenswann later den Dag fardig is. Un wat nix mit Melken Fuddern Misten Instreuen to doon hett. Un wenn dat blots dorüm geiht, nich trübsinnig wo warrn.

As ik düsse Zeilen schrieven do, is de dörteihnste Januar 2021. Buten is dat duster, natt un schmuddelig. Matsch op den Hoff. Twüschen Melken Fuddern Misten Instreuen heff ik mi hinsett un düssen Text schreven. Ik heff dormit anfungen, un ik bün dormit fardig worrn. Dat is nu villich keen Fohrradanhänger mit achtig Biobrote dorop. Aver dat is beter as nix. Un hüüt is hüüt. Nich güstern, nich morgen. Hüüt. Een goden Dag.

Kiek mol, een Fleger!

Oma un Opa sünd in ehr Leven beide nich flogen. Opa weer Johrgang 1903 un Oma 1907. Fleger kennten se blots vun ünnen, vun de Eer ut, un sülvst later, in de achtiger Johren weer dat för de beiden ümmer noch so: Wenn se een Fleger hörten, in Heven, denn bleven se stahn, höllen ehre Hand vör de Ogen un keken nah boben, wat dat woll för een Fleger weer. Un wenn wi Kinner in de Neegde weren, mien Broder un ik, denn repen se uns un wiesen nah boben: Kiek mol, een Fleger!

Ik heff een Luftbild vun den Kielerkamp, wo de Hoff Seeland vun Oma un Opa liggt, 1953 in`t Fröhjohr. Op dat Bild sünd twee Buernhöf un twee Arbeiterkaten to sehn, un söben Lüüd staht dor un kiekt nah boben, wat dat woll för een Fleger is. De Krieg weer woll lang noog her; jedenfalls versteekt se sik nich, aver een Fru steiht dor un winkt mit een wittet Hand-

dook nah boben, as wull se wiesen: Jo, wi er-
geevt uns, wi weet, wi hebbt den Krieg ver-
loren!

1953 weer mien Vadder – he is op dat Luftbild
ok to sehn un kickt hoch nah den Fleger –
negenteihn Johren olt un hett op de erste
Melkmaschien spoort. Negen Johr later, 1962,
hett he mien Mudder heiraat. Nochmol fief-
unwintig Johren wieder, 1987, hebbt mien Öllern
Sülverhochtiet fiert. Mien Broder, sien Fründin
un ik hebbt mien Öllern to düt Fest een Rundflug
över Schleswig-Holstein schenkt, in een lütten
Sportfleger. Mudders Fründin Heinke hebbt se
dormols ok noch mit an Bord hatt, un Heinke
harr een Fotoapparat.

Se sünd ok över`n Kreis Plön flogen. Ok över
Stolpe, ok över`n Kielerkamp. Natürlich wüss
mien Oma dorvun. 1987 leeg Opa, dement, as he
weer, al de meiste Tiet in`t Bett, aver an düssen
Dag harr Oma em sien Antoch antrocken. Ok sik
sülven harr se fien mookt, den Kittel ut, de
Sünndagsjack över. Un as se den Fleger hör, över
Stolpe, dor is Oma mit Opa vör de Huusdöör
gahn, mit een wittet Bettloken, un se hebbt

dormit nah boben wunken: Kiek hier, hier sünd wi un denkt an ju!

Heinke hett dor een Foto vun mookt, mit een lütte Pocketkamera, een lüürlüttet Foto, aver wenn een gode Ogen hett, denn süht een in Stolpe op den Kielerkamp een lütten, witten Placken. Dat sünd mien Oma un Opa, wo se mit dat Bettloken winkt, un Oma seggt bestimmt to Opa: Kiek mol, een Fleger! Dat sünd Hannes un Thea!

Un Opa antert villich: Wokeen is dat, Hannes un Thea? Kenn ik nich!

Aver nah boben keken un wunken hett he doch.

Mien lütten Trecker

Ik heff een Trecker köfft. To`n ersten Mol in miene twintig Johren as Buer heff ik een Trecker köfft, vun mien eegen utlehnte Geld. Okay, okay, ik geev to, dat is een lütten Trecker. 72 PS. Bit 1983 weer dat op unsen Hoff de gröttste Trecker west; bit dorhin harrn wi as Hauptschlepper een Fendt mit 65 PS. Bit mien Vadder een Hunnerter-Fendt köfft hett. He weer so stolt dorop; jeden Sünndag is he dormit dörch Stolpe fohrt un hett nah alle Sieden wunken as Queen Mum.

Een analogen Trecker wull ik hebben. Al bi Autos nervt mi dat kolossal, wenn dat anduernd allens blinkt un piept un queest, un Kollegen mit vulldigitale Treckers hebbt oftins vertellt, wat dor ümmer för`n Tüünkram an is, Störungs-meldung, he löppt nich mehr, un denn mutt de Kundendeenst komen un dat wedder heil moken, nich mit Warktüüg, nee, mit Laptop. So een Kack, echt mol.

So keem ik also nülichst mit mien vull-mechanischen nieden 72 PS- Düütz direkt vun den Händler bi mi op den Hoff fohrt. Mien Fru weer jüst dorbi, dat Peerd to putzen, kreeg mi klook un füng forts an to lachen! As se wedder schnacken kunn, reep se: De is jo sööt! Wasst de noch? Un tofällig keem jüst uns öltste Dochter vörbi, steeg ut ehr Auto ut un sä: Oh, Baby Trecker! Dörfst du all alleen rut? Wo is denn dien Mama?

Un so güng dat wieder. Unsen jüngsten Jung sä, dat dat jo mol een groten Rosenmeihertrecker weer, un füng an, twüschen de Achsen de Messers to söken. Un de öltste Söhn meen: De is jo nüdlich. Un wann kümmt de richtige Trecker? Un as he achtern den Heukehrer anbuut harr un em hochböhren wull, dor bleev de ünnen. Dorför güng de Düütz vörn hoch. Ik müss denn erstmol los, Frontgewichte köpen. Mien Jung keek mi achterran un schüttel blots den Kopp.

Intwüschen is een lütte Tiet vergahn un de Düütz is akzepteert, tominnst in mien Familie. Mien Deerns seggt, dat is de perfekte Mädchentrecker, to`n Op-den-Schoss-Nehmen un Striekeln. Aver egol, he deiht, wat he schall, Gras meihen, kehren, schwaden un den Veehhänger trecken. Aver wenn ik em fohr – grooten Kerdl op een lütten Trecker – mien Fru mutt ümmer noch lachen, wenn se uns süht.

Kinner föhren

De Kinner sünd nu groot
veer vun fief hebbt Föhrerschien un
fohrt sik sülven
dörch de Gegend

för mi as Vadder
fangt nu
een anner Leven an

ik heff mien Kinner dat blots
selten mol seggt
aver ik fohr ehr to un to geern
dör dat Land

ik kann ja nich veel
aver Auto fohren geiht

schwiegsom un still
sitt ik achtert Stüer

Kaffee mit Melk
in den Thermobeker
Dütschlandfunk in`t Radio

un ik fohr
wo ok ümmer se hen wüllt
vun wo ok ümmer ik ehr afholen schall

machmol blots mien Kinner
aver machmol is de Partybus
vull mit Partypeople un
ik smuster liesen
över dat duune Gesabbel achter mi
un ik fohr

eenfach fohren
nich denken
nich gruveln
eenfach dor ween
för ehr un för mi un
överhaupt
un fohren

dat warrt mi fehlen
dat weet ik nu al

Postkorten

Ik bün jüst dorbi, mien Öllernhuus uttorümen. Mien Öllern sünd doot, un dat Huus schall vermiet warrn. Intwüschen bün ik bi de letzte Stuuv ankomen. Dat Büro vun mien Vadder. De Ruum, in den ok all de Fotos un Breve un Postkorten logert weren. Ik heff al anfungen mit Oprümen. Dat heet, ik heff mi dorin sett, mi ole Fotos bekeken, mi ole Breve un Postkorten dörchleest un op de anner Siet de Fotos vun all de Urlaubsorte bekeken, ut de mien Öllern Postkorten kregen harrn.

Mudder un Vadder weren so goot as nie in Urlaub, aver Postkorten harrn se ut alle Welt. Un nich eene Postkort hebbt se wegschmeten; all hebbt se opbewohrt. Postkorten vun Lüüd, de jüstso as mien Öllern al lang doot sünd, lütte, ole Finsters in anner Lüüd ehr Leven, in anner Lüüd ehr Tiet. Dor weren de bekannten Handschriften bi, vun mien Tante Rosi un mien Oma Emma, de vun sik sülven ümmer as „Mutti" schreven hett. Un denn een poor Postkorten vun mien Unkel Otto, Mudders lütten Broder. De weer Soldat in Süden jichtenswo, Rheinland-Pfalz, Baden-Würtemberg, wat weet ik, un jedet Mol, wenn he vun Norden wedder trüch nah de Truppe fohrt is, hett he achteran een Postkort schreven. Ümmer güng dat üm de Fohrt un wo dull sien Auto lopen hett. „Der Fiat hat vielleicht geschnurrt, das war eine Freude! Schwupps, war ich da!" Un acht Weken later: „Toll, der neue VW! Habs kaum gemerkt, da war ich schon in Heidelberg!" Un so güng dat wieder. Jede Kort een anner Auto, un ik heff mi wunnert un faststellt, dat ik vörher nie wat Handschriftliches vun em sehn heff. Later weer he sülvständigen Autoschlosser, aver de Reken hett ümmer sien Levensgefährtin schreven... un denn, mit een Mol, full mi een Kort in de Hannen, de ik schreven harr, 1977, ut Berlin. Dor weer ik negen Johren olt; unse Sommergäste, de ümmer wedder komen sünd, harrn mi för dree Weken mit nah Berlin nohmen, in de Sommerferien in ehren sülvergrauen Ford Capri. De beiden hebbt bi uns in`t Dörp blots „De

Berliner" heten, un Unkel Heinz wull mi de Stadt wiesen. De Postkort wiest den Fernsehtorn, un op de anner Siet steiht in miene krakelige Kinnerschrift: Hallo Mama un Papa, Berlin ist komisch. Auf der Straße sagt keiner Moin. Onkel Heinz hat mir einen Rennwagen aus Lego gekauft. Mir geht es gut. Euer Matthias.

Un nu seet ik dor un höll een lüttet Finster in mien egen Leven in de Hannen, un ik wüss noch genau, wo seltsam ik dat funn, dat de Berliners sik nich Moin seggt, op de Straat. Un denn seet ik dor un dach an fröher, an den lütten Jung vun Hoff, de ik mol weer, in de groote Stadt.

Tja, wat schall ik seggen: Eegentlich wull ik oprümen. Aver veel schafft heff ik noch nich...

Rode Rosen

As ik een Teenager weer, sössteihn Johren olt, dor heff ik mi verkeken in een Deern ut Naverdörp. Se harr so söte Sommersprossen, un se weer schlau un witzig. Un schlecht utsehn hett se ok nich. Wo kunn ik ehr neeger komen? Ik harr keen Ahnung.

Mien Mudder harr dormols veele Rosen in unsen Goorn, rode, geele, witte, aver vör unse Huusdöör harr se een besünners schönen Rosenstruk, de weer groot un prächtig, mit lütte rode Blöden, un düsse Struk blöh dat halve Johr, vun't Fröhjohr bit in Harvst weern dor Blöden an. Un in düt Fröhjohr heff ik dacht, dat fallt gor nich op, wenn ik mi dor af un to een Stängel mit een Rosenblov afschnieden do.

Ik glööv, dat weer noch Mai, as ik mi een goden Avend, de Sünn weer jüst ünnergahn, de erste Roos afschneden heff. Rop op Rad, ohn Licht, un denn heff ik de rode Roos vör ehr Öllernhuus op de Goornmuer leggt. Un bün gau wedder weg fohrt. Ik heff dacht, se is morgens de erste, de dor vörbi kümmt; se warrt de Roos finnen un sik wunnern: Vun wen is de woll?

As ik nächsten Morgen in Schoolbus seet un wi fohren dor vörbi, leeg de Ros dor nich mehr op de Muer, un ik heff dacht: Yippieh, se hett ehr funnen. Den Avend datsülvige Speel, Roos afschneden, in`t Dustern hin, op de Muer, nächsten Morgen weer de Roos weg. So güng dat den ganzen Sommer dörch. Mudder hett sik Sorgen üm den Rosenstruk mookt. All de Johren hett de blöht as mall, aver düt Johr mükert he so komisch. Villich müss de rut un een niegen plant warrn. Un ik seet blangenbi un schweeg still.

In Mai heff ik anfungen mit dat Rosenklauen. In September sünd wi tosamen komen. Veer Maand Rosen afschnieden, rop op Rad, hin nah ehre Goornmuer, nächsten Morgen kieken, un de Roos weer weg. Veer Maand weer ik de Rosen-kavalier. Af un to heff ik mi fraagt: Wokeen is dat woll, de de Roos ümmer finnen deit? Se sülven? Oder doch ehr Mudder? Oder gor ehren Vadder? Egol, se un ik keemen tohopen. Acht

Weken weren wi een Poor. Dorvun hebbt wi veer Weken Beziehungspause mookt, wiel dat kriseln dä. In de annern veer Weken weer ik teihn Daag op Klassenfohrt; se weer in de Harvstferien för een Week bi ehre Grootöllern an de Westküst, un fief Daag heff ik Mais fohrt. Aver in de restlichen acht Daag weren wi glücklich miteenanner.

Veer Maand Rosen afschnieden för een Week netto Glück. Natürlich heff ik mi fraagt: Weer dat dat wert? Nu, wat schall ik seggen: Jo, klor!

Rüken

Kennt ji dat ok? Hebbt ji ok, so as ik, een Gedächtnis för Gerüche, un denn rükst du wat, un zack!, is dor een Bild vör di, een Gedanke, een Entsinnen an wat Besünneres, un du denkst: Hach! Un mookst de Ogen to un büst wedder in düsse Tiet, dormols, an den Ort, dor. Is een Phänomen. Ik meen, jedeen kennt dat Wort vun den Soundtrack vun dien Leven, aver hebbt ji ok, so as ik, een Geruchstrack vun jun Leven?

Wenn ik to`n Bispeel Mastschwien rüken do, denk ik ümmer an miene erste grote Leevde, Uta. Un dat hett nix mit Uta to doon oder wo se roken hett, aver ehr Vadder harr Schwien, un wenn ik Uta besöcht heff, op den Hoff vun ehre Öllern, denn hett dat nah Schwien roken. Also hett mien Bregen den Geruch vun Schwien mit Uta verknütt. Warrt ok nich wedder löscht. Wi sünd 33 Johren uteenanner, aver ik denk ümmer noch an Uta, wenn ik Schwien rüken do. Ik segg jo: Phänomen!

Un dat gifft een Männerparfüm, ik weet nich, wo dat heet, dat hett Inga fröher benutzt, 1984, an`t End vun den Winter. Nülichs leep ik dörch Flensburg, un een Kerdl güng in de Footgängerzone an mi vörbi. Ik schnupper em achteran, heff de Ogen to mookt, konzentreer mi un schwupps leeg ik mit Inga op dat französische Bett in de Stuuv vun mien Broder, de jüst uttrocken weer. Dusterbruun weer de Breetcord un möök Striepens op dien Huut, wenn du to lang nackig dorop legen hest. Inga un ik weren aver antrocken, aver küsst hebbt wi uns, küsst un küsst un küsst, ik wull nie wedder opholen mit Küssen, un dat Radio speel „What is love" vun Howard Jones: *What is love anyway, does anybody love anybody anyway?*

Oder de Geruch vun Gras, dat dröögt un langsam to Heu warrt, düsse würzige, un meist sülverne Duft. Mook ik eenmol de Ogen to, denn sehg ik mi, op den Bifohrersitt vun unsen Fendt; Vadder presst dat Heu; wi sünd beide schwatt vun Stoff, un achtern fleegt de Heuklappen dörch de

100

flimmern Luft op den Hänger. Mook ik twee mol de Ogen to, seh ik mi un mien Fru op den Hänger. Op de enge Koppel an de Autobahn harrn wi dat al oppresste Heu weg hoolt. Vadder hett den Trecker mit den Anhänger fohrt; ik harr de Klappen opstaakt un Birte harr ehr op den Hänger trecht packt. Nu weren wi fardig; Vadder hett dat Gespann nah Huus fohrt, un Birte un ik legen achter op den Hänger in`t Heu, höllen uns an de Hannen un keken hoch, ganz nah boben, in Heven. Un weren vull mit Glück. Ik jedenfalls weer vull mit Glück.

Un annerletzt harr ik mi een niedet Deo köfft. As ik mi dat dat erste Mol ünner de Achsel schmeert heff, dor weih mi son Geruch an; ik möök de Ogen to un sehg dat Hotel op Teneriffa vör mi, in dat Birte un ik mol een schönen Urlaub tobröcht hebbt, in dat Johr, as wi Sülverhochtiet harrn. Erst wüss ik nich, wo dor de Verbindung weer, aver denn full mi dat in: Mien Deo hett jüst so roken as de frisch gewischten Fluren in düt Hotel, fröh an Morgen, op den Weg vun uns „Zimmer mit seitlichem Meerblick" hin nah den Fröhstückssaal. Erst möss ik lächeln, aver denn weer mi dat doch een beten unheimlich. Worüm rüükt mien Deo jüst so as een Reinigungsmiddel in een Ferienhotelanlaag op Teneriffa? Un heet dat, dat se dor een godet Reinigungsmiddel hebbt? Oder heff ik eenfach een Scheißdeo?

Worüm ik op dat nächste
Chris-de-Burgh-Konzert gah

Siet veele, veele Johren heff ik eene grote
Leidenschop för Musik, un bi mi hett dat –
anners as bi anner Lüüd – nie opholen. Manche
seggt: Ik kööp keen Platten mehr; ik bün ver-
heiraat. Kunn ik nie verstahn. Ik hool ja ok nich
op to leven, wiel ik verheiraat bün. Musik hört to
mien Leven dorto, un een Leven ohn Musik kann
ik mi nich vörstellen, verheiraat oder even nich.
Dat geev een Tiet, dor weer Musik för veele
Lüüd in mien Öller wichdig, un ik heff mi
inbildt, dat een vun den Musikgeschmack trüch-
schluten kunn op den Charakter vun een Min-
schen. In de achtiger Johren jedenfalls harr ik
nich Fründ ween kunnt mit een Modern-Talking-
Fan. As de allermeisten Musikleefhabers bill ik
mi wat in op mien Musikgeschmack, un ik mutt
noch nich mol schummeln, wenn ik seggen
schall, wat mien erste Platte weer. Dat weer een

Single vun Neil Diamond, *Beautiful Noise*. Hett mien Broder Udo mi schenkt. He harr ehr ut de Musikbox in unsen Dörpskrog, de harrn se dor rutschmeten, un em weer se dormols to week. He harr sien Status Quo- un Uriah Heep-Phase. He weer männlich un veerteihn, man mutt dat verstahn.

Later is he een groten Musikspezialist un Plattensammler worrn. Un natürlich ok ümmer een beten Geschmackssnob. Oh, wat kunn he ton Bispeel över Chris de Burgh aflabern, üärks, „Lady in Red", dat nervigste Leed överhaupt. Aver as Udo denn storven weer, heff ik siene LP-Sammlung arvt. Dorbi: Fief Platten vun Chris de Burgh.

Ik seet dor un müss lächeln. Un denn full mi wedder in, wat ik meist vergeten harr: dat Udo un ik mol op een Chris-de-Burgh-Konzert weren, tosamen mit siene erste Levensgefährtin, Marianne. Vun de beiden harr ik 1983 to Konfirmation een Kort kregen, Afschiedstournee vun Supertramp, in Sommer, in Hamburg, in dat ole Volksparkstadion. Chris de Burgh hett dor in`t Vörprogramm speelt, un he weer lütt un he harr een hässliche Pottfrisur, aver he hett dat Volksparkstadion rockt. To`n Schluss hebbt wi op de Bänke stahn un danzt un mitgröhlt: *Don`t pay the ferryman, don`t even fix a prize! Don`t pay the ferryman until he gets you to the other side!*

Un mit een Mol sehg ik mi, as ik in Udos Truerfier seet. Ik weer jüst fardig mit miene Rede; ik harr mi jüst wedder daal sett un blarr; mien Fru nöhm mi in de Arms, un dörch de Tranen keek ik op de Holtkist mit mien Broder dor in un heff hofft, dat de Fährmann, dat de ferryman em goot över bröcht harr.

Is een poor Daag her, dor heff ik in de Zeitung sehn, dat Chris de Burgh, wenn allens goot löppt, anner Johr mol wedder in unse Gegend speelt. Ik gah dor hen, op jeden Fall. He is lütt un he hett een hässliche Pottfrisur, aver ik mag Chris de Burgh, un ik schoom mi dor nich vör. Ik heff sogor fief Platten vun em. Oder söss. Oder söben...

Dat Brake-Debakel

Siet rund 18 Johren bün ik mit miene Geschichten ünnerwegens, överall in`t Land, jo, man kunn seggen, mien Entertainer-Karriere warrt dütt Johr vulljährig. Un gewiss heff ik so manchen Optritt vergeten, un annere heff ik beholen, as dat so is, dörch de Johren. Mien ersten Optritt för Geld harr ik 2004, bi de Johreshauptversammlung vun`t Rode Krütz in een Dörp bi Eckernföör. Fiefuntwintig Euro Honorar harrn wi utmookt, un twölf Euro foffig Fohrgeld. Nah de Veranstaltung hebbt se mi söbenundörtig Euro foffig utbetahlt, un ik heff twee Quittungen ünnerschreven. Warr ik nich vergeten. Wat weer ik stolt. Mien erstet Lese-honorar.

Över de Johren heff ik so veele Veranstaltungen hatt un so veele verschedene Erfohrungen mookt, dor kunn ik een ganzen Avend vun vertellen. Eenmol harr mi een öllere Fru inlaadt, ik schull bi ehren Geburtsdag wat vertellen, in Kroog. As ik dorhin keem, müss ik faststellen, dat se in den Kroog aver för ehre Gesellschop keen Extra-Ruum harrn, sünnern blots een groten Disch. Nevenan seten anner Lüüd to eeten. De wullen sik natürlich ünnerholen un keken erst beleidigt, as ik opstahn weer un anfung to vertellen. Dat ik vun de Lüüd blangenbi an`t End vun mien halvstündigen Vördrag Applaus kreeg, of-schoonst se mi nich hören wullen un eegentlich to schnacken komen weren, hett mi dormols besünners freut.

Eenmol bün ik mehr oder weniger rutschmeten worrn. De Familie harr mi as Överraschungsgast inlaadt, to Opas achtigsten Geburtsdag, un as ik twüschen Meddag un Kaffee op den Saal keem, weer glieks klor, dat Opa op Överraschungsgäste aver so wat vun keen Bock harr. Ik weer jüst dorbi, mien erste Geschicht to vertellen, dor keem he in Striet mit sien Fru, wat vun Scheißidee dat denn woll weer, wokeen hett düssen Clown denn bestellt un so wieder un so fort. Keener hett tohört; all hebbt se op Opa un Oma keken, un still un liesen heff ik mi verdrückt. An leevsten harr ik mi besopen, dor, an de Westküst.

Un denn harr ik för Johren een Benefiz-Optritt in een Hospiz in Kiel. De Ruum weer vull bit op den letzten Platz, vull mit Publikum, aver merrnmang weren ok een poor vun de aktuellen Gäste vun`t Hospiz, tosamen mit ehre Angehörigen, to`n Deel in jüm ehre Pleegbetten. Mien Broder weer jüst an Krebs storven, ik weer noch een beten wund dorvun. Un denn leeg dor düsse Fru in ehr Bett, mien Öller villich, schwor krank, dat kunn jedeen sehn, höll de Hand vun ehren Kerdl un hör mi to. Ik kunn ehr nich direkt in de Ogen kieken; denn harr ik de Fassung verloren, dor weer ik mi seker, aver ut de Ogenwinkeln heff ik ümmer keken, wo ehre Reaktionen so weren. Dat Publikum weer allerbest un harr Spoß un leet sik vun mi mitnehmen, dörch den Avend, aver eegentlich heff ik de ganze Tiet blots för ehr vertellt, för düsse Fru. Se wull ik to`n Lachen bringen, un jedet Mol, wenn se lacht hett, müss ik meist weenen. Dat weer een besünnern Avend in Kiel.

Meist sünd bi miene Optritte so twüschen föfftig

un hunnertföfftig Lüüd, machmol mehr, mach-mol aver ok weniger. Mien absoluten Minus-rekord, wat Tohörers angeiht, sünd dree. Un de müssen noch nich mol Intritt betahlen. Aver se weren för mi komen, extra för mi.

Dat weer in Brake, Brake an de Unterweser. In mien Kopp heff ik düssen Optritt as dat „Brake-Debakel" afspiekert. Dat is Johren her; de Land-kreis Wesermarsch hett een plattdütsche Week veranstalt, un an den Avend schull ik in Nordenham in't Theoter optreden. Twee Weken vörher kreeg ik een Anrop vun Landkreis; se hebbt mi fraagt, wat ik nahmeddags al komen kunn, üm in Brake noch wat to vertellen, in't Famila-Center. Jo, worüm nich, heff ik seggt, wi hebbt een Honorar afmookt, un allens weer supi.

As ik an den Nahmeddag denn in Brake ankeem, weer dat Vörprogramm al in Gang. In't grote Foyer vun düssen groten Supermarkt weer een riesige Bühne opbuut, mit een gigantische Soundanlaag. Vör de Bühne seten een ganzen Barg Lüüd, un op de Bühne stünn een groten Kinnerchor un sung plattdütsche Leeder, un nah jeden Song applaudier un jubel dat Publikum as dull. Dat kann ja een schönen Nahmeddag warrn, heff ik dacht.

Denn weer de Kinnerchor fardig, un all de Lüüd stunnen op. Dor worr mi klor, dat dat ganze grote enthusiastische Publikum utnahmslos för den Kinnerchor komen weer. Dat weren all de Omas un Opas un Vadders un Mudders un Onkels un Tanten vun de Kinner, un nu weer de Optritt vörbi un se wullen nah Huus, Kaffee drinken, Koken eeten. Ratzfatz weer de Platz vör de Bühne kumpleet lerdig.

De Moderator hett sik denn dat Micro nohmen un mi ankündigt. Un nich vun vör de Bühne, nee, vun een vun de Dische vun een Imbiss in Achtergrund keem liesen Applaus. Dor seten dree öllere Lüüd un wullen miene Geschichten hören. Also heff ik miene Geschichten vertellt, in düt riesige Foyer, op de riesige Bühne, över de riesige Anlaag, vör kumpleet lerdige Stöhl vör de Bühne. Nie warr ik den Blick vergeten vun all de Lüüd, de op den Weg rin nah Famila mit een lerdigen Inkoopswagen an mi vörbi schuven un dachen: Wat mookt düsse Spinner dor op de Bühne? Worüm vertellt he, wenn keeneen to-

110

hört? Un een halve Stünn later keemen se mit een vullen Inkoopswagen wedder an mi vörbi, keken nochmol un dachen: De Verrückte is ja ümmer noch dor! Ob wi woll de Polizei ropen schüllt? Oder de Klapse? Een Fru hett sogor ehr lütt Dochter an de Hand nohmen un wegtrocken, un ik hör noch, wo de Deern ehr Mudder fraagt: Mama, was macht der alte Onkel da?

Aver nah jede Geschicht keem Applaus vun de dree Lüüd ut den Imbiss. Ik weer för anderthalv Stünnen bucht, un ik heff anderhalv Stünnen dörchtrocken. Wat schull ik ok moken? Verdrag is Verdrag, un nah Huus fohren kunn ik ja nich; ik müss avends ja noch nah Nordenham. Dor weer de Bude vull, un ik harr glieks wat Lustiget to vertellen, frisch ut Brake. Dat Brake-Debakel.

Schnee an Morgen

Is in de letzten Johren ja blots selten vörkomen, aver ik mach dat to geern, wenn dat över Nacht schniet hett, bi uns op den Hoff. Denn stah ik morgens op un dor is keen Spoor in den frischen Schnee; allens is glatt un schier. Villich is noch to sehn, dat merrn in de Nacht de Zeitungsfru dor weer, wenn se de Zeitung noch utlevert hebbt un wenn ehr de Weg nah unsen Hoff hin nich to glatt weer.

Noch in de Deel mook ik dat Licht op den Hoff an, un vör ik rut gah, stah ik in miene dicken Thermo-Gummistevel in de Deelendör un kiek rut. Wo still dat is, sogor vun de Autobahn her, un wo dat glitzert, överall. Bi mien ersten Schreed dörch den Schnee knirscht dat ünner mien Schoh, un nah fief Minuten is genau to sehn, wo miene erste Runn över'n Hoff utsüht – erst de Afkalveboxen, denn de twee Jung-veehställe, Kalverboxen, de Dröögstahers un to'n

Schluss de Kohstall – Fudder ranschuven, kie-
ken, wat allens in Ordnung is, villich hett eene
kalvt. So sünd miene Sporen hin un her op den
Hoff, de unberührte Schnee warrt weniger, un
denn kümmt mien Mitarbeiter Sven mit sien Golf
op den Hoff föhrt un mookt de ersten Sporen vun
Rööd, schön schwungen, hin nah sien Parkplatz.
Intwüschen is ok de Lehrling Burner dor un
schlurft sien Weg hin nah den Melkstand, un
mien Fru föhrt mit ehr Auto vun Hoff, to Arbeit.
Denn fangt wi an to melken, un to Fuddern un
Kalver-Tränken mööt wi rin un rut, vun Melk-
stand nah den Kalverstall un wedder trüch, hier
mit de Schuuvkoor hin un Schrot holen, dor
Instreuen mit den Hofflader un wedder woanders
Utmisten mit den Frontladertrecker. Wenn wi
an`t End fardig sünd mit Melken un Fuddern un
Misten un Instreuen un Schmöken un Blöd-op-
dat-Handy-Kieken un sülven rin gaht, Fröh-
stückspaus, denn is dor op den Hoff een grotet
Mosaik vun unse Sporen dörch den Schnee, to
Foot, mit de Schuuvkoor, mit Auto, mit Hoff-
lader, mit Trecker, un jede Spoor för sik vertellt
vun uns Arbeit un dorvun, wo fliedig mien Mit-

arbeiders un mien Fru un ik sünd, jedeen Dag. De Schnee mookt uns Arbeit sichtbar, jedeen Weg över`n Hoff, hin un her, krütz un quer.

Wenn een dat aver genau nimmt, süht een nich unbedingt de Arbeit in den Schnee. Aver hin un her lopen un hin un her föhren, dat köönt wi as de Weltmeisters. Un de Schnee vertellt unse Geschicht. Jedeen Dag. Also jedeen Dag, an den Schnee liggt, frischen Schnee. Kümmt ja nich so oft vör.

Schleden föhren achtern Trecker

Uns Kinner sünd groot
de jüngste is negenteihn un
de ölltste is sövenuntwintig

aver hüüt nacht hett dat schniet
düchtig schniet

dat weer knapp hell hüüt morgen
dor kreeg ik een Nahricht
op mien Smartphone

wir wollen Schlitten fahren
hinter dem Trecker
kannst du uns ziehen?

jo
mit Vergnögen
heff ik antert un mi freut
över mien Kinner

wenn Schnee liggt
sünd se
ratzfatz
nich mehr erwassen

wenn Schnee liggt
sünd se
Buerngören

un wüllt nix anners as
Schleden föhren achtern Trecker

Danzen

Dat is nich eenfach. Dat Leven is nich eenfach. Nix is eenfach.

Nu sitt ik hier un will een lütten Text schrieven, de positiv is un Moot moken schall, un ik fang an mit: Dat is nich eenfach. Dat Leven is nich eenfach. Nix is eenfach.

Wi hebbt nu de ersten Daag vun 2021, un achter uns liggt würklich een Johr, dat nich eenfach weer. Ik meen, wi harrn un hebbt de Corona-Pandemie; veele Lüüd sünd krank worrn, etliche sünd storven, un dor warrt noch veele krank warrn, un etliche warrt noch starven. Uns Leven, wat för uns normal weer, gifft dat nich mehr. Allens is anners. Lüüd geevt sik nich mehr de Hannen, nehmt sik nich mehr in de Arms, un du sühst de Gesichter nich mehr, wiel alle Masken ümhebbt. Keen Lächeln mehr. Keene kulturellen Veranstaltungen. Lockdown. Aver de meisten vun uns sünd noch dor, un jüst hebbt se anfungen mit Impfen. Villich is allens al wedder beter, wenn düt Johr to End is.

Wenn ik nu een Johr trüch denk, de ersten Daag vun 2020, dor weer Corona noch nich in Dütschland ankomen. Aver ok dor, vörher, weer dat nich eenfach. Wi weren nich de ganze Tiet glücklich un hebbt Party mookt. Wi hebbt eenfach leevt, un dat Leven is nich eenfach. Nix is eenfach. Jede Tiet hett ehre eegen Probleme, un jichtenswo mööt wi dormit üm un dor dörch. Ik glööv, wat Corona angeiht, sünd wi wohrschienlich op een goden Weg, un wenn dat jichtenswann vörbi is, denn warrt wi uns as dull freuen un överglücklich in dat erste Konzert gahn, dat höllt denn een poor Weken, bit dat wedder normal is, un langsam warrt wi wedder anfangen mit Rümquesen doröver, wat allens blöd is in uns Leven. Is doch so. Warrt so komen.

Wi warrt nah Corona nich glücklicher ween as vörher. Wohrschienlich warrt wi jüst so ween as vörher. Normal even. Lüüd mit jüm ehr eegen Leven, mit jüm ehr eegen Probleme un jüm ehr eegen Glücksmomente. Dor gifft dat Tieden, Minuten villich oder Stünnen oder Daag, dor

118

föhlst du di schwach un hest villich Sorgen, Existenzängste villich, Schulden, wat weet ik, oder een ut de Familie is krank oder wat ok ümmer, un denn hest du Tieden, anner Minuten oder Stünnen, dor geiht di dat goot un du freust di an dien Leven. Ik glööv, solang dat beide Sieden gifft in dien Leven, is allens goot. Nich eenfach, aver goot. Normal even.

Mien Söhn fallt mi in, Peer. He hett een Johr in Schweden leevt un op een Buernhoff arbeit, in Järna. Lukas, de Buer dor, ganz normalen Buern, ganz normalen Minschen, mit Probleme, as jedeen se hett, aver ok mit Freuden, Lukas hett Sünndags morgens ümmer alleen molken, in sien wunnerschönen Kohstall. Denn hett he sik in Melkstand klassische Musik anmookt, vulle Luutstärke, un sien Arbeit mookt. Eenmol keem Peer Sünndags morgens in Stall, Lukas weer jüst fardig mit Melken un hett mit den Gülleschuber Kohschiet schoben. Un danzt dorbi, danzt, to de luude klassische Musik in sien Kohstall hett he mit sien Gülleschuber danzt. Ganz versunken weer he dorbi, un he lächel, vull mit Freud, vull mit Glück. Dor is Peer ganz liesen wedder rut, wiel he sien Chef nich stören wull in siene Seligkeit.

Wat ik seggen will, is woll: Solang du af un to in dien Leven bit Kohschiet Schuben mit den Gülleschuber danzen kannst un dorbi glücklich lächelst, is allens goot. Nich eenfach, aver goot.

Ursula & Sieghard Bach
Hauptstr. 53 B
25785 Nordhastedt
Tel.: 04804 - 18 69 120